Chère lectrice,

A l'approche de l'été, il nous prend souvent des envies soudaines de vacances. On rêve alors de chaleur, de paresser à l'ombre des palmiers, sur le sable blanc d'une plage paradisiaque, de s'adonner au plaisir de la baignade…

Mais en attendant de pouvoir vivre ce rêve enchanteur, vous pouvez compter sur vos romans Azur pour inonder votre quotidien de soleil et de chaleur. Nul doute qu'ils vous feront voyager aux quatre coins du globe, au gré des aventures de vos héroïnes : de Saint-Pétersbourg aux dunes ocre du désert, préparez-vous à un fabuleux dépaysement, intense et plein d'émotions. Intense comme la passion tumultueuse qui anime ces jeunes femmes, parfois fragiles en apparence, mais plus fortes que jamais quand il s'agit de vivre leur histoire d'amour. A l'instar de Natalia, princesse et héritière de « La couronne de Santina », qui n'hésite pas à risquer son titre et son rang pour se perdre dans les bras de l'irrésistible homme d'affaires Ben Jackson (*Le pari d'un milliardaire*, n° 3365).

Et, bien sûr, je vous donne rendez-vous le mois prochain, avec d'autres merveilleuses et romantiques histoires d'amour.

Bonne lecture !

La responsable de collection

Une alliance sous contrat

SHARON KENDRICK

Une alliance sous contrat

collection Azur

éditions HARLEQUIN

Collection : Azur

Cet ouvrage a été publié en langue anglaise
sous le titre :
A TAINTED BEAUTY

Traduction française de
PAUL CARVALHO

HARLEQUIN®
est une marque déposée par le Groupe Harlequin
Azur® est une marque déposée par Harlequin S.A.

83-85, boulevard Vincent-Auriol, 75646 PARIS CEDEX 13.

Service Lectrices — Tél. : 01 45 82 47 47
www.harlequin.fr

ISBN 978-2-2802-7945-1 — ISSN 0993-4448

1.

Quelqu'un l'épiait…

Debout dans la cuisine de la vieille demeure familiale, Lily Scott eut soudain la certitude d'être observée. Interrompant sa pâtisserie, elle regarda à travers les petits carreaux de la fenêtre en face d'elle. Un instant éblouie par la lumière vive de cet après-midi d'été, elle finit par distinguer une silhouette masculine de l'autre côté du jardin.

L'homme se tenait aussi immobile qu'une statue. Seuls ses épais cheveux de jais semblaient doués de mouvements, ondoyant sous les caresses d'une brise légère. Il se détachait sur ce décor verdoyant comme une tache noire et indélébile. Elle sentit son cœur bondir dans sa poitrine quand il se mit à marcher en direction de la maison.

Pourtant, elle n'était pas effrayée. Pour quelle raison ne se précipitait-elle pas sur le téléphone pour avertir la police de cette intrusion ? Peut-être parce que la vue de cet homme la distrayait des pensées tenaces qui la chagrinaient ? Ou peut-être parce qu'il y avait quelque chose chez cet étranger qui l'en dissuadait : l'impression que sa présence ici était légitime, que cette radieuse journée d'été était venue à sa rencontre.

Les yeux rivés sur cet inconnu qui approchait, elle ne put réprimer un frisson. La chemise blanche qu'il portait laissait deviner les puissants muscles de son torse tandis que ses cuisses athlétiques saillaient sous son élégant pantalon gris. De la poésie en mouvement, songea-t-elle troublée. Elle aurait pu le contempler toute la journée sans s'en lasser.

Lorsqu'il ne se trouva plus qu'à quelques mètres, elle fut frappée par la beauté virile de son visage. L'angle vif formé par la mâchoire et le menton volontaire, les pommettes saillantes et le léger ombrage sur sa joue lui donnaient un air ténébreux qui contrastait avec la ligne sensuelle de ses lèvres. Elle eut la soudaine vision de cette bouche s'emparant de la sienne et une vague de chaleur la submergea tout entière. La tête lui tournait quand il arriva à la porte de service qui donnait sur la cuisine. Depuis combien de temps n'avait-elle pas désiré un homme à ce point ?

— Est-ce que je peux vous aider ? balbutia-t-elle avant de se reprendre et d'ajouter sur un ton de reproche :

— Vous avez failli me faire mourir de peur... à surgir de nulle part comme cela.

— Je n'avais pas conscience de vous avoir fait *peur*, observa-t-il une étincelle espiègle dans le regard.

Lily rougit brusquement. Il semblait suggérer qu'elle l'avait littéralement dévoré des yeux. Avait-elle à ce point manqué de discrétion ?

— En outre, vous paraissez tout à fait capable de vous défendre toute seule, ajouta-t-il.

En suivant le regard de l'inconnu, Lily s'aperçut qu'elle tenait le rouleau à pâtisserie dans ses mains, tout contre elle, comme le dernier objet sur lequel elle pouvait compter pour assurer sa sécurité.

— Je... je préparais une tourte...

— Sans blague ! ironisa l'homme en jetant un regard amusé sur la pâte étalée sur la table et le plat à tourte garni de pommes.

A peine avait-elle prononcé le mot « tarte » que Ciro prit conscience de la délicieuse odeur qui emplissait la pièce en désordre, lui laissant entrevoir un monde encore insoupçonné de lui. Un monde chaleureux de bien-être domestique… Une odeur si inhabituelle pour lui qu'elle dissipait quelque peu la tension que cette femme sensuelle faisait régner sur ses nerfs et ses sens.

Elle portait un tablier de cuisine qui modelait avec volupté ses courbes parfaites, suggérant la naissance de son décolleté affolant. Son corps épanoui était en parfait décalage avec les critères de la mode actuelle. Il n'avait encore jamais rencontré de femme à la féminité si assumée et généreuse. Le genre de femmes qu'il croyait avoir disparu depuis longtemps et ne plus jamais revoir, hormis dans les vieilles séries télé. Il n'aurait su dire quand il avait vu pour la dernière fois une femme vêtue d'un tablier, mis à part le jour où son avant-dernière petite amie lui était apparue dans la chambre déguisée en soubrette, dans le but de pimenter une relation qu'elle pressentait déjà sur le déclin. Mais celui qu'il avait à présent sous les yeux était une variante plus chaste, une version rétro ornée de froufrous qui mettait en valeur la taille menue et les superbes hanches de cette enivrante inconnue.

Certes, il est coutume de considérer un regard trop appuyé sur le corps d'une femme comme une faute de savoir-vivre. Mais n'en serait-ce pas une plus grande que de ne pas contempler une beauté aussi resplendissante ? Ses longs cheveux couleur de blé mûr avaient été coiffés avec désinvolture en un chignon haut qui dévoilait la courbe délicate de sa nuque et la blancheur de nacre de sa peau. Ses yeux saphir pétillant adoucissaient ses traits fins et réguliers. Avait-elle conscience d'incarner l'image parfaite de la vie de famille et du foyer accueillant ? Une image des plus… *sexy !*

— Allez-vous vous décider à me laisser entrer ? demanda-t-il d'un ton suave.

La mâle assurance contenue dans ces mots arracha

Lily à sa fascination. Allait-elle continuer longtemps à jouer les potiches, à laisser cet homme — aux yeux, il est vrai splendides — la toiser sans aucune gêne comme une voiture qu'il souhaiterait acheter ? N'était-ce pas à cause de femmes aussi dociles qu'elle que les hommes croyaient pouvoir se conduire de façon si arrogante ? N'avait-elle rien appris de ses erreurs ?

— Certainement pas ! Pour ce que j'en sais, vous pourriez tout aussi bien être un tueur en série.

— Je peux vous assurer qu'en cet instant, tuer quelqu'un serait la dernière chose qui me viendrait à l'esprit.

Leurs regards se nouèrent et Lily sentit le sang battre furieusement à ses tempes.

— De plus, vous ne semblez pas le moins du monde effrayée, ajouta-t-il d'une voix douce.

Lily déglutit péniblement. Il lui sembla qu'un nœud s'était formé dans sa gorge. Il avait raison. Elle n'était pas, à proprement parler *effrayée*. Cependant, il y avait quelque chose chez cet inconnu de séduisant et dangereux à la fois, quelque chose qui lui faisait peur. Il fallait qu'elle se reprenne. Si elle n'y prenait garde, ses mains tremblantes auraient vite fait de réduire sa pâte à tarte en charpie.

— Vous savez, il est d'usage de se présenter lorsque l'on fait irruption dans la cuisine d'une personne que l'on ne connaît pas.

Ciro réprima un sourire. D'habitude, sa présence intimidait toujours les femmes, même celles qui n'avaient jamais entendu parler de lui. Mais celle-ci semblait faire exception. Intrigué, il s'inclina solennellement.

— Je m'appelle Ciro d'Angelo.

— C'est un nom peu commun, observa-t-elle en rivant ses yeux aux siens.

— Je suis un homme hors du commun.

Au prix d'un gros effort, Lily décida d'ignorer cet accès d'orgueil. En outre, n'était-il pas fondé ?

— Etes-vous Italien ?

— Napolitain, plus précisément.

Ciro haussa les épaules à la question qu'il lut dans ses yeux et ajouta :

— C'est… différent.

— En quoi, au juste ?

— Il me faudrait des heures pour vous l'expliquer, *dolcezza*.

Sa voix chaude mêlée aux sonorités suaves de ce mot italien fit battre le cœur de Lily à se rompre. Elle aurait voulu qu'il lui explique ce que les Napolitains avaient de si différent et craignait en même temps qu'il le fasse. Au lieu de cela, elle jeta un regard éloquent à la pendule accrochée au-dessus du piano de cuisson.

— Je ne dispose malheureusement pas de tout ce temps, répliqua-t-elle d'un ton sec avant d'ajouter :

— Pardonnez-moi, mais je crains n'avoir toujours pas compris le but de votre présence ici, monsieur d'Angelo. Savez-vous que vous vous trouvez dans une propriété privée ?

Rassuré, Ciro hocha la tête silencieusement. Personne ne semblait savoir qu'il venait d'acheter cette propriété. C'était une bonne chose. Il détestait toute publicité autour de ses opérations financières, tout particulièrement lorsqu'elle précédait la signature des contrats. Son sens légendaire des affaires ne l'empêchait pas d'être superstitieux et de redouter tout ce qui pouvait attirer le mauvais sort.

La personne qui lui avait vendu la maison était une femme entre deux âges outrageusement fardée et vêtue d'une façon indécente, une femme qui portait sur les hommes un regard affamé. Il fronça les sourcils à la recherche de son nom. Scott, Suzy Scott. La déesse domestique qu'il avait sous les yeux ne paraissait-elle pas trop jeune pour être sa fille ? Quel âge pouvait-elle avoir ? Vingt et un ans, peut-être vingt-deux ? Difficile à dire avec son teint diaphane. Cependant, si elle était la fille de cette Suzy Scott, elle saurait que la maison était passée dans les mains d'un nouveau propriétaire — les siennes !

Elle le fixait toujours d'un regard interrogateur. Une boucle blonde échappée de son chignon effleurait la peau si lisse de sa joue. Ne devrait-il pas prendre congé et revenir à un moment plus opportun ? A cette pensée, Ciro sentit tout son être regimber, peu enclin à quitter cet univers chaleureux sur lequel il était tombé par hasard, un univers si différent du sien… Il fallait qu'il en sache davantage, qu'il en explore toutes les facettes et en trouve la faille. Il y en avait forcément une, songea-t-il cyniquement. Tout cela était bien trop… parfait. Et Ciro se méfiait toujours de ce qui semblait trop parfait. Les choses parfaites recèlent invariablement un vice caché.

— Je ne m'attendais pas à trouver quelqu'un ici.

— Vous voulez dire que vous vous introduisez chez les gens lorsque vous pensez qu'ils n'y sont pas ?

Consciente qu'elle ne devait pas négliger sa tourte plus longtemps, Lily rabattit la pâte sur le rouleau à pâtisserie et la déposa sur le plat déjà garni.

— Qu'est-ce que vous êtes au juste, un cambrioleur ?

— Vous trouvez que j'en ai l'air ?

Comme aimanté, le regard de Lily se détacha des bords à présent cannelés de la tourte pour se reporter sur la haute silhouette de Ciro. Non, un cambrioleur démasqué n'afficherait pas cette tranquille assurance. Cependant, avec sa carrure athlétique, il ne faisait aucun doute que le Napolitain pouvait s'acquitter sans peine des prouesses physiques qu'exigeait un pareil métier. D'ailleurs, elle n'avait aucun mal à imaginer son corps puissant revêtu d'une combinaison en lycra noir… Elle frissonna, s'efforçant de chasser cette vision affolante de son esprit.

— En tout cas, vous n'en avez pas la tenue. Vous

massacreriez votre costume hors de prix si vous vous avisiez d'escalader la façade de la maison, observa-t-elle d'une voix cassante. D'ailleurs, si c'était là votre intention, vous pouvez vous épargner cette peine. Vous ne trouveriez ici ni bijoux précieux, ni rien qui soit de valeur…

D'un geste brusque, elle saisit un pinceau et étala le jaune d'œuf battu sur sa pâte. Elle devait se sentir bien vulnérable pour se confier à un parfait inconnu. Mais ces derniers temps, « vulnérable » était l'adjectif qui la définissait le mieux et le comportement imprévisible de sa belle-mère ne l'avait pas aidée. Suzy — qui déjà en temps normal n'était pas une personne facile à vivre — avait récemment pris l'initiative d'emporter dans son appartement londonien tous les objets de valeur de la maison. Certes, c'était son droit. Elle pouvait faire ce que bon lui semblait puisqu'elle avait hérité de tous les biens de la famille, y compris leur magnifique maison familiale, le Manoir.

La mort de son père, survenue neuf mois à peine après son second mariage, avait été tellement soudaine et imprévue que Lily en gardait un oppressant sentiment d'insécurité. Dans son chagrin et le devoir douloureux de réconforter son jeune frère, elle s'était dit qu'au moins son père avait dû anticiper un tel drame dans son testament. Qui se montrerait assez imprévoyant pour laisser deux enfants sans ressources financières ? Mais le fait était qu'il n'avait probablement pas trouvé le temps de s'acquitter de cette formalité. Tout était revenu à sa nouvelle femme qui semblait s'accommoder merveilleusement de son veuvage.

Même le collier de perles de sa pauvre mère et qui aurait dû lui revenir avait disparu… La nausée la gagna à la pensée qu'elle ne le reverrait plus. Sa belle-mère avait-elle récupéré tous les objets de valeur de peur qu'ils disparaissent une fois qu'elle aurait eu le dos tourné ?

Malheureusement, elle ne pouvait plus compter que sur ce genre d'aubaine pour résoudre ses problèmes. N'était-elle pas prête à tous les sacrifices pour apporter à son frère la sécurité financière dont il manquait à présent ?

Percevant le léger trémolo dans sa voix, Ciro se demanda qu'elle en était la cause. Mais tandis qu'elle se penchait pour enfourner sa tourte, il ne put s'empêcher d'admirer la courbe sensuelle de ses hanches généreuses et de ses fesses rondes. En remontant le long de ses jambes fuselées, la jupe courte dévoilait l'éclat satiné de sa peau nue.

— Je ne suis pas un cambrioleur et si jamais je devais convoiter quelque chose chez vous, il ne s'agirait certainement pas de vos bijoux, dit-il d'une voix rauque.

Lorsqu'elle se retourna, Lily surprit le regard ardent du Napolitain. Même si ce n'était pas tout à fait convenable, elle était heureuse de susciter une telle réaction chez un homme aussi séduisant. Pour une fois, elle avait l'impression d'être désirable, de n'être plus seulement cette femme insignifiante tourmentée par ses problèmes financiers.

— Soit ! Mais alors que faites-vous là ?

— Pour quelque étrange raison, je ne m'en souviens pas, répondit-il d'une voix douce.

Le cœur battant la chamade, Lily soutint son regard. Cela faisait si longtemps qu'elle n'avait pas flirté avec quelqu'un. Cette situation s'avérait… dangereuse ! La sensualité et la virilité troublante qui émanaient de ce corps puissant faisaient resurgir des souvenirs qu'elle aurait préféré garder enfouis, des souvenirs emplis de doutes, de douleur et de larmes.

— Eh bien, faites un effort avant que je perde le peu de patience qui me reste, l'avertit-elle d'une voix tendue.

Embarrassé, Ciro ne sut quoi répondre. Si elle se révélait être la locataire des lieux, il ne lui appartenait pas d'annoncer la vente de la maison. Mais si elle travaillait ici comme employée… alors peut-être pourrait-il la garder à son service après la conclusion de l'affaire.

— Je cherche une maison à acheter.

Elle lui jeta un regard confus.

— Mais cette maison n'est pas à vendre !

Ciro ne put s'empêcher d'éprouver un vague sentiment de culpabilité.

— J'en ai conscience, répondit-il avec sincérité. Cependant vous savez, n'est-ce pas, que c'est lorsque l'on prend vraiment le temps de parcourir un endroit qui nous intéresse que l'on y trouve les plus belles choses. On se promène au hasard du chemin et on suit un tournant de la route en se demandant où elle peut bien mener… Mais à partir du moment où l'agent immobilier commence à nous détailler la superficie d'un lieu, il perd aussitôt sa poésie pour ne devenir qu'un bien négociable.

— Vous voulez dire que vous déambulez autour des propriétés qui vous paraissent vides jusqu'à ce que l'une d'entre elles éveille en vous un sentiment esthétique ? Pas étonnant que je vous aie pris pour un rôdeur !

Fascinée par cette femme à la beauté aussi majestueuse que naturelle, Ciro ne prêta pas trop attention à ses paroles. Il sentit grandir en lui le besoin irrépressible de retirer une à une les épingles qui retenaient sa flamboyante chevelure. Il voulait la voir cascader sur ses épaules, poser les mains sur ses hanches généreuses, embrasser son cou gracile, sa nuque délicate… La simplicité chaleureuse qui se dégageait de la cuisine éveillait en lui un sentiment de nostalgie qui attisait son désir. Il ne put s'empêcher de l'imaginer nue, se représentant les courbes voluptueuses de son corps. S'il l'avait rencontrée durant une soirée, il serait déjà sur le point de réaliser ses fantasmes. Mais il n'avait encore jamais flirté dans une cuisine avant aujourd'hui…

— Quelle est cette odeur ?

— Vous voulez parler de ma cuisine ?

— A ce que je sache, je n'ai pas eu la chance d'approcher suffisamment de vous pour être en train de parler de votre parfum, fit-il remarquer d'une voix traînante.

La gorge nouée, Lily sentit un frisson d'appréhension et d'excitation mêlées la parcourir.

— Pour tout dire, il n'y a pas un mais plusieurs arômes qui se disputent en ce moment votre attention, déclara-t-elle dans un souffle. Il y a tout d'abord la soupe qui mijote sur le feu.

— Vous voulez dire, de la soupe maison ?

— Rien qui sorte d'une conserve en tout cas. C'est une soupe d'épinard aux lentilles légèrement parfumée à la coriandre. Je la conseille servie avec une cuillerée de crème fraîche et accompagnée d'une bonne tranche de pain de campagne.

De quoi frôler l'orgasme culinaire, songea Ciro l'eau à la bouche.

— Cela semble délicieux.

— Je peux vous garantir que ça l'est. Et ce que vous voyez là, ajouta-t-elle en désignant un gâteau qui reposait sur une grille, c'est un quatre-quarts au citron.

— Impressionnant ! fit-il doucement.

Ne sachant s'il était sincère, Lily le dévisagea attentivement. Mais à la place de l'expression ironique qu'elle s'attendait à lire sur le visage du Napolitain, elle surprit une lueur nostalgique dans ses yeux sombres, une mélancolie qui lui fit baisser la garde.

— Je peux… vous en couper une part si cela vous dit. C'est encore meilleur tout juste sorti du four. Asseyez-vous donc. Après tout, si vous avez parcouru tout ce chemin depuis Naples, la moindre des choses serait que je vous montre un aperçu du sens de l'hospitalité des Anglais.

Sourd aux injonctions de sa raison, Ciro entra dans la cuisine et prit place sur une des chaises en chêne massif qui entouraient la table. Il contempla la jeune femme qui s'affairait.

— Vous ne m'avez toujours pas dit votre nom.

— Vous ne me l'avez pas demandé, précisa-t-elle.

— Comment vous appelez-vous ?

— Lily.

Son regard s'attarda sur son visage, ses pommettes délicates, la fine ligne de son nez, le contour plein de ses lèvres.

— C'est un joli prénom.

— Merci beaucoup.

Lily lui tourna hâtivement le dos au prétexte de prendre le pot à lait dans le frigo, irritée de sentir une onde de feu lui incendier les joues au moindre compliment.

— Mais je suppose que vous portez aussi un nom, à moins que cela ne soit un secret d'Etat, insista-t-il une lueur espiègle dans les yeux.

— Très drôle ! Mon nom est Scott.

— Scott ?

— Comme dans Scott le Grand, l'aventurier, précisa-t-elle par habitude.

Ciro acquiesça, l'esprit déjà livré à ses déductions. Elle ne pouvait être qu'un parent de la vendeuse. Dans ce cas, comment se faisait-il qu'elle ignorait la vente de la maison ? Maintenant qu'il s'était fait passer pour un simple flâneur, il ne pouvait pas se présenter comme le nouveau propriétaire des lieux. Le charme délicieusement féminin qui émanait d'elle l'empêchait de lui avouer. De toute façon, ce n'était pas son rôle, n'est-ce pas ?

Il attendit qu'elle ait servi le thé et accepta une part de l'appétissant gâteau avant d'aborder de nouveau le sujet :

— Vous vivez ici ?

Captivée par les traits nobles de Ciro, sa mâchoire carrée, sa bouche sensuelle, Lily ne comprit pas tout de suite le sens de la question.

— Evidemment ! Où pensiez-vous que…

Elle s'interrompit, comprenant au regard de Ciro ce qu'il n'avait pas osé formuler.

— Oh ! Je vois, dit-elle doucement en posant sa tasse sur la table. Vous pensiez que je travaillais ici ? Que j'étais une employée ? La cuisinière peut-être ? Ou la femme de ménage ?

— Je n'ai pas…

— S'il vous plaît, ne vous croyez pas obligé de mentir ou de vous excusez ! le coupa-t-elle sentant la colère monter en elle.

La voilà qui s'était encore prise à rêver, à croire qu'un homme comme lui avait pu la trouver attirante alors que tout ce temps il n'avait vu en elle qu'une domestique serviable ! Bravo, Lily ! se dit-elle amèrement. En ce qui concernait les hommes, son intuition lui faisait toujours autant défaut. Elle secoua la tête.

— Il est bien sûr *inimaginable* qu'une femme comme moi vive dans une si majestueuse demeure !

Il esquissa un sourire embarrassé.

— Je n'ai rien dit de tel.

Ce n'était pas nécessaire, songea Lily. Et puis, pourquoi taire la vérité, après tout ? Elle vivait d'une paie de serveuse et des gâteaux qu'elle cuisinait pour le salon de thé dans lequel elle travaillait. Elle confectionnait même ses robes par souci d'économies. Tout ce qu'elle pouvait mettre de côté, elle l'envoyait à son frère Jonny afin de le prémunir un peu de l'image du pauvre petit boursier qui lui collait déjà à la peau à l'internat.

Mais après tout, peut-être que cet homme, ce monsieur d'Angelo, venait de lui rendre un grand service. Il était temps pour elle de reconnaître que les choses avaient changé. Elle n'avait d'autres choix que de changer avec elles. Elle n'était plus la fille chérie de la maison pour la bonne et simple raison que ses parents étaient morts tous les deux. Et sa belle-mère lui donnait l'impression que sa présence ici s'avérait de moins en moins légitime…

— Si vous voulez tout savoir, cette maison appartient à ma belle-mère, articula-t-elle avec difficulté. Elle s'est absentée mais elle risque de revenir d'un instant à l'autre. Alors je pense que vous feriez mieux de partir.

Ciro se leva en s'efforçant de maîtriser la colère qui montait en lui. Pourquoi diable sa belle-mère ne l'avait-elle pas mise au courant de la vente ? Il avait déjà les contrats en sa possession et l'affaire serait réglée dans quelques jours à peine… Avant la fin de la semaine il serait le nouveau propriétaire des lieux et pourrait commencer la transformation de cette veille demeure familiale en un boutique-hôtel luxueux. Qu'allait-il alors advenir de cette superbe femme ?

A présent elle le fusillait du regard, les lèvres pincées, le regard sombre. Il lui adressa son plus charmant sourire.

— Mais je n'ai pas encore goûté cet appétissant gâteau.

Luttant contre l'éclat presque hypnotique de ses yeux, Lily releva le menton. Quel manipulateur ! Et dire qu'elle avait failli succomber à son charme !

— Oh ! Mais je suis sûre que les occasions ne manqueront pas. Vous trouverez en ville un salon de thé qui en propose tous les jours sur sa carte. Vous aurez tout le loisir d'en déguster là-bas. Et maintenant, si vous me le permettez… j'ai une tourte qui attend dans le four. Au revoir, monsieur d'Angelo, finit-elle par dire, un sourire poli plaqué sur les lèvres.

Interdit, Ciro se retrouva de nouveau dans le jardin face à la massive porte en chêne qu'encadrait un chèvrefeuille en fleurs. Aucune femme ne l'avait jamais éconduit ! Aucune femme n'avait jamais suscité en lui un tel désir de l'embrasser ! Aucune femme n'avait jamais manifesté une telle indifférence à son égard !

Le désir fiévreux qui enflammait ses sens laissa peu à peu place à un imbroglio de sentiments contradictoires. Dans le trouble qui était le sien, il prit soudain conscience qu'à aucun moment, auprès de cette femme, il n'avait pensé à Eugenia.

2.

— Je ne comprends pas… balbutia Lily, bouleversée.

Debout, près de la grande baie vitrée du salon, Suzy Scott demeurait impassible.

— Qu'y a-t-il de si difficile à comprendre ? C'est pourtant simple, Lily. J'ai vendu la maison.

La gorge serrée, Lily secoua la tête.

— Mais tu n'avais pas le droit de faire ça !

— Je n'en avais pas le droit ? répéta Suzy en haussant l'arc parfait de ses sourcils. Jusqu'à preuve du contraire je suis la seule à avoir hérité de la maison. J'avais donc tous les droits de le faire. Je suis désolée, Lily, mais je n'avais pas le choix.

— Mais pourquoi ? Cette maison était dans ma famille…

— Depuis des générations, je le sais, coupa Suzy avec lassitude. Ton père n'arrêtait pas de me le répéter. Mais essaie de te mettre à ma place ! Il ne m'a laissé aucun moyen de subsistance, Lily, pas même une pension de veuvage…

— Il ignorait qu'il était sur le point de mourir !

— J'ai vraiment besoin de cet argent, continua Suzy imperturbable. Je ne touche aucun revenu et j'ai des dépenses à couvrir.

Serrant les poings, Lily lutta pour ne pas laisser libre cours à la colère qui menaçait de l'emporter. Elle aurait voulu lui dire qu'elle n'avait qu'à se trouver du travail mais c'eût été aussi inutile que de lui conseiller de porter autre chose que des vêtements de créateurs.

— Mais que vais-je devenir ? Et as-tu pensé à Jonny ?

— Vous serez toujours les bienvenus chez moi, à Londres, assura Suzy un sourire crispé aux lèvres. Même si tu sais comme mon appartement est exigu et combien je m'y sens déjà à l'étroit.

Oui, je sais… songea amèrement Lily.

C'était surtout pour son frère qu'elle s'inquiétait. Il avait à peine seize ans et avait déjà traversé tellement d'épreuves !

— Mais Jonny ne s'y sentirait pas à sa place, protesta-t-elle, imaginant l'adolescent dégingandé évoluer au milieu des antiquités horriblement fragiles et coûteuses qui décoraient l'appartement.

— Il est certain que je ne l'imagine pas traîner ses grosses chaussures dans mon joli nid douillet, avoua-t-elle en tripotant le diamant qui pendait à son cou. C'est la raison pour laquelle j'ai pris mes dispositions pour que vous puissiez continuer à vivre ici.

Lily sentit soudain l'espoir renaître dans son cœur.

— Ici ? Dans notre maison ?

— Non, pas dans la maison, s'empressa de préciser Suzy. Je ne pense pas que le nouveau propriétaire tolérerait cela ! Mais j'ai en touché un mot à Fiona Weston…

— Tu es allée voir ma patronne ? coupa Lily, stupéfaite.

Elle n'en revenait pas. Les seules paroles que Fiona et sa belle-mère avaient jamais échangées se résumaient à un laconique « Joyeux Noël ».

— Et qu'est-ce que tu as bien pu lui dire ?

— Je lui ai expliqué que j'avais été contrainte de vendre la maison et que tu rencontrerais certainement des difficultés de logement…

— Je suppose que c'est une façon de présenter les choses, commenta Lily d'une voix qu'elle voulut calme.

— Dans tous les cas, elle est tout à fait prête à vous

laisser disposer, Jonny et toi, de l'appartement situé au-dessus du salon de thé. Il est vide depuis des années, à croire qu'il vous attendait ! Tu n'auras même plus à faire tout ce chemin pour aller travailler. Alors, n'ai-je pas trouvé la solution idéale ?

Abasourdie, Lily demeura bouche bée. Suzy parlait-elle sérieusement lorsqu'elle comparait ce scénario horrible à une brillante idée ? Si cet appartement était resté inoccupé pendant de nombreuses années, c'était pour une bonne raison. Personne ne souhaitait emménager à quelques mètres du pub local, surtout depuis qu'à la suite d'une rénovation, il avait obtenu une nouvelle licence et attiré une population de noctambules dont le tapage durait tous les jours jusqu'à une heure avancée de la nuit.

Elle n'imaginait rien de pire que de s'engouffrer dans l'escalier branlant et poussiéreux qui menait à l'étage du Crumpets pour aller s'enfermer dans ce morne deux-pièces après son service. Cependant, quel choix lui restait-il ? Elle ne pouvait pas simplement tourner les talons et aller reconstruire sa vie ailleurs. Elle devait penser à Jonny. Il comptait sur elle pour lui apporter la sécurité et la stabilité d'un foyer.

— Alors, qu'en penses-tu ? demanda Suzy.

— J'en parlerai avec Fiona, soupira-t-elle.

La tête lui tournait encore de cette nouvelle qui lui avait fait l'effet d'une bombe. Elle se demandait si, une fois la vente réglée, Jonny et elle reverraient encore Suzy ou si leur belle-mère déciderait de couper complètement les ponts. Cette dernière éventualité ne semblait-elle pas la meilleure au vu des circonstances ? Son père s'était toujours efforcé de renforcer le lien fragile qui les unissait, mais maintenant qu'il était parti…

— Pourquoi me l'as-tu caché, Suzy ? s'enquit-elle soudain.

— Quoi donc ?

— Pourquoi m'as-tu caché que tu avais décidé de

vendre la maison ? Si je l'avais su plus tôt, je me serais préparée à cette idée. J'aurais pu m'organiser et prendre la situation en main au lieu d'être prise au dépourvu. Pourquoi ne me l'avoir dévoilé que maintenant ?

Nerveuse, Suzy haussa les épaules.

— Ce n'était pas mon intention, mais une des conditions de la vente était de ne pas révéler l'identité de l'acheteur.

— C'est une clause étrange. Et qui est-ce alors ? Je suppose que tu peux me le dire maintenant.

— Eh bien… pas vraiment, avoua-t-elle en jouant nerveusement avec son collier. Je dois tenir ma parole.

— Oh ! Pour l'amour du ciel ! lança-t-elle d'une voix altérée par la colère. Y a-t-il la moindre raison pour que…

Mais les mots moururent sur ses lèvres tandis qu'un bruit de moteur puissant se faisait entendre, indiquant une voiture à l'approche.

— Qu'y a-t-il ? s'enquit-elle, notant le malaise croissant qui s'affichait sur le visage de Suzy.

— Il est arrivé, murmura celle-ci.

— Qui est arrivé ?

— Le nouveau propriétaire.

Prise de court, Lily garda le silence. Le moteur s'interrompit, le claquement d'une portière résonna et un crissement l'avertit que des pas lourds remontaient l'allée gravillonnée. Quand la sonnette retentit, Lily sentit son corps se raidir comme à l'approche d'un danger. Suzy arrangeait ses cheveux auburn, un signe qui ne pouvait que la conforter dans ses craintes. N'était-ce pas le geste inconscient d'une femme se préparant à l'entrée d'un homme séduisant ?

— Tu ne vas donc pas lui ouvrir ? demanda Lily surprise par la fermeté de sa voix.

— Oui, oui, bien sûr.

Suzy se dirigea vers le vestibule, le pas rythmé par le cliquetis de ses hauts talons. Lily entendit la porte d'entrée s'ouvrir puis un murmure de voix étouffées.

L'une d'entre elles était chaude et dotée d'un léger accent étranger... Elle eut envie de se cacher, de fuir pour ne pas affronter l'homme à qui appartenait ce timbre suave, reconnaissable entre mille. Ciro d'Angelo.

En quelques secondes, il fut devant elle. Elle aurait voulu ressentir de la colère, rien d'autre qu'une rage froide et contenue, mais son corps semblait en avoir décidé autrement. Le Napolitain avait réveillé en elle des émotions intenses qu'elle ne parvenait pas à dominer. Chaque terminaison nerveuse de son corps frissonnait sous l'éclat sombre de ses yeux. Mais plus inquiétant encore, elle sentit les pointes de ses seins durcir et une douce chaleur monter du plus profond de son ventre. Cet homme avait un pouvoir incroyable sur elle. Il était beau et dangereux à la fois.

— Bonjour Lily, dit-il doucement.

A ces mots, Suzy, qui le suivait de près, s'arrêta net et leur jeta un regard interdit.

— Vous connaissez déjà ma belle-f... Vous vous êtes déjà rencontrés ?

— En effet, articula Lily avec difficulté.

Elle devait absolument recouvrer le contrôle d'elle-même. Il avait beau avoir acheté la maison familiale et sa belle-mère lui avoir juste annoncé que sa seule consolation serait d'emménager dans un appartement minable au-dessus du salon de thé où elle travaillait, elle ne s'abaisserait certainement pas à laisser entrevoir son trouble à Ciro d'Angelo. Un trouble dans lequel le désir qu'elle ressentait pour lui entrait pour beaucoup... Elle pressa ses lèvres tremblantes et prit une longue inspiration avant d'ajouter :

— J'ai surpris monsieur d'Angelo qui rôdait dans le parc la semaine dernière. Non, en fait, c'est monsieur d'Angelo qui m'a surprise — ou plutôt effrayée ! — en se glissant sans bruit dans la propriété. Le bon sens aurait voulu que je saute sur le téléphone et appelle la police, mais j'ai été assez stupide pour l'inviter à entrer et écouter son histoire ridicule. Quelque chose à propos de la poésie que nous évoque le détour d'un chemin et le désir de savoir où il mène.

— Je suis flatté de constater que vous vous souvenez si bien de mes paroles, observa Ciro.

— Eh bien, vous ne devriez pas l'être, monsieur d'Angelo, car ce n'était pas dans mon intention.

Dire que sur le moment, elle avait été charmée par ce qu'il avait dit. Quelle jeune femme naïve et impressionnable elle faisait !

— Vous rôdiez alentour…

— Comme un cambrioleur ? railla-t-il.

Serrant les poings, Lily le fusilla du regard. Cet échange lui rappelait le moment d'intimité qu'ils avaient partagé durant leur première rencontre. Elle avait alors cru qu'ils flirtaient ensemble. Elle avait senti son corps renaître et vibrer d'une intensité formidable à l'idée de plaire à un homme si séduisant.

— Dites plutôt comme un voleur ! répliqua-t-elle d'une voix enrouée par l'émotion.

— Lily ! intervint Suzy en se plaçant entre eux. Tu devrais montrer plus d'égards envers monsieur d'Angelo. Il a fait une offre extrêmement généreuse pour l'achat du Manoir…

— Je lui parle sur le ton qui me plaît ! Je n'ai rien négocié avec lui, moi !

Suzy se tourna vers Ciro, un sourire las aux lèvres :

— Je vous prie d'excuser son emportement. Je crains que notre faible écart d'âge m'ait toujours posé un problème d'autorité, même du vivant de mon mari.

— Notre faible écart… d'âge ? balbutia Lily, indignée.

Emporté par le sentiment de compassion mêlé de colère que lui inspirait le visage blême de la jeune femme, Ciro s'adressa à la veuve.

— Madame Scott, auriez-vous l'obligeance de nous apporter des rafraîchissements ? J'arrive de New York et…

— Bien sûr. Vous devez être exténué. Je n'ai jamais supporté le décalage horaire, moi non plus. Souhaiteriez-vous un café ?

— Un café serait parfait.

Quand sa belle-mère posa son regard sur elle, Lily crut qu'elle allait lui demander de faire le service, comme elle en avait l'habitude lorsqu'elle recevait des amis. Mais quelque chose dans son expression dut l'en dissuader et un sourire crispé passa sur le visage de Suzy.

— Lily ?

— Non, merci. Je crois que j'ai besoin d'une boisson plus corsée, dit-elle en se dirigeant vers le bar qu'elle ouvrit sans ménagement.

Consciente du regard de Ciro rivé sur elle, elle se servit un verre entier d'un cognac hors de prix et en but une longue gorgée. Elle sentit instantanément ses yeux s'emplir de larmes et le feu de l'alcool lui brûler la gorge. Néanmoins, elle avala une autre gorgée pour chasser le goût laissé par la première.

— Ne buvez pas si vite, lui conseilla-t-il.

Au moment où elle se retourna pour lui faire face, elle fut submergée par les sentiments de peur et d'insécurité qu'elle avait jusque-là réprimés.

— Ne vous avisez pas de me dire ce que je dois faire ! fulmina-t-elle en retenant les larmes qui lui montaient aux yeux. Je n'arrive pas à croire que vous avez eu le culot de vous asseoir dans ma cuisine — pardon, votre cuisine — et de vous être épanché avec admiration sur ce que je faisais quand tout ce temps…

Elle s'interrompit, ravalant un sanglot.

— Tout ce temps, reprit-elle, vous vous moquiez bien de moi, sachant que j'ignorais qui vous étiez.

— Je ne me moquais pas de vous, protesta-t-il.

— Dans ce cas pourquoi n'avoir pas eu la décence

de m'informer que vous êtes le nouveau propriétaire de la maison ?

— J'y ai pensé…

Il fit une pause, s'efforçant d'évacuer la tension qui l'habitait depuis leur rencontre, et reprit lentement :

— Mais j'ai estimé que ce n'était pas à moi de le faire.

— Pourquoi ? interrogea-t-elle en plongeant ses yeux dans les siens, enhardie par l'alcool qu'elle avait bu. Vous étiez peut-être trop occupé à flirter avec moi ?

Il haussa les épaules.

— Je ne nierai pas que cela a pu jouer dans mon silence.

— Et alors ? Vous souhaitiez voir jusqu'où vous pouviez mener ce petit jeu avant de me l'apprendre ?

— Lily ! s'écria-t-il, surpris par l'indignation qui perçait dans la voix de la jeune femme.

Il n'avait pas l'habitude que les femmes lui résistent. Plus elle le repoussait, plus le désir qui l'enflammait croissait en lui. Bon sang, elle allait le rendre fou !

— Je ne m'attendais pas à trouver quelqu'un ici. Quand je vous ai aperçue, et bien…

Les mots ne franchirent pas ses lèvres. Rien d'étonnant à cela, il y était même plutôt habitué. Il avait toujours eu du mal à se confier. Toutes les femmes qu'il avait connues le lui avaient reproché. Particulièrement Eugenia… Elle n'avait cessé de l'en blâmer, surtout dans les derniers mois de leur relation lorsqu'elle s'était efforcée de devenir la femme qu'elle imaginait être son idéal.

Cela dit, aurait-il pu jamais s'ouvrir avec sincérité ? Admettre qu'il était incapable d'éprouver des sentiments profonds, c'eût été s'exposer à d'incessantes complaintes. Mais Lily Scott le fascinait comme aucune femme avant elle. Elle semblait l'incarnation des valeurs traditionnelles qu'il désespérait de trouver un jour chez une femme. L'image de ses magnifiques yeux bleus et de son corps parfait ne le hantait-elle pas depuis leur rencontre ?

— Et bien ? répéta-t-elle. Avez-vous une explication rationnelle à me donner ?

— Si quelqu'un aurait dû vous l'annoncer, c'était votre belle-mère, conclut-il avec impatience.

A cet instant, Suzy apporta un plateau avec du café et des biscuits au gingembre cuisinés par Lily.

— Vous êtes injuste envers moi, Ciro, protesta-t-elle, prouvant qu'elle avait surpris une partie de la conversation. Vous oubliez qu'une des clauses du contrat m'interdisait de révéler votre identité.

— Mon identité, certes, admit-il irrité par sa familiarité et ses regards aguicheurs. Mais je ne vous ai certainement pas défendu de parler de la vente. Rien d'étonnant à ce que Lily soit bouleversée si elle apprend à l'instant qu'elle n'aura bientôt plus de toit sous lequel vivre.

Suzy fit la moue.

— Oh ! Pour l'amour du ciel ! Nous ne sommes pas dans un roman de Charles Dickens ! Lily est loin d'être une pauvre enfant des rues laissée à elle-même. Je lui ai proposé de venir s'installer chez moi à Londres, mais elle a dédaigné mon invitation.

Soudain, Lily en eut assez. Elle se sentait assaillie par une nausée, une nausée due à l'alcool et au sentiment dégradant d'être traitée comme une enfant. Elle posa son verre de cognac sur la table.

— Je ne suis pas un objet que l'on déplace à sa guise ! déclara-t-elle.

— Je n'aime pas l'idée que vous puissiez être jetée à la rue, répliqua Ciro en pensant qu'elle n'avait jamais eu l'air aussi vulnérable. Je suis prêt à faire tout ce qui est en mon pouvoir pour vous aider.

Lily plongea ses yeux dans les siens et sentit chaque fibre de son corps s'enflammer sous le feu de son regard. Elle se détestait pour sa faiblesse…

— Je n'ai ni le besoin, ni l'envie de recevoir votre

aide, monsieur d'Angelo, affirma-t-elle avec toute la dignité dont elle était capable en cet instant.

Vacillant sur ses jambes, elle lutta contre le vertige qui la saisit et vit Ciro tendre vers elle une main assurée qu'il referma autour de son poignet. L'espace d'une seconde, le monde parut cesser de tourner. Elle sentit naître de délicieux picotements là où il lui tenait le bras et elle n'eut plus conscience de rien d'autre que de lui. *Lui.* Les yeux rivés aux siens, la gorge sèche, elle imagina Ciro l'embrassant, la pressant contre son corps viril et les pointes de ses seins durcirent dans une réponse instinctive.

— Lâchez-moi ! s'écria-t-elle d'une voix rauque. Laissez-moi partir.

Il la libéra, les sourcils froncés et demanda :

— Où allez-vous ?

— Bien que cela ne vous regarde en rien, sachez que je dois aller travailler, moi.

— Vous ne pouvez pas…

— Vous croyez ? le coupa-t-elle avec véhémence Oh ! Mais si, je peux parfaitement ! Je peux faire ce qu'il me plaît. J'ai cru comprendre que la vente serait effective le trois de ce mois-ci ? Alors je m'assurerai d'avoir déménagé toutes mes affaires d'ici là. Au revoir monsieur d'Angelo, et cette fois c'est un adieu.

Elle sentit son regard peser sur elle tandis qu'elle quittait la pièce. Elle se dirigea dans sa chambre, la seule chambre qu'elle se souvenait avoir occupée dans toute sa vie. Ce ne fut qu'une fois la porte refermée, à l'abri des murs familiers qui l'avaient vu grandir, qu'elle laissa ses larmes couler.

3.

— Alors qu'en penses-tu Lily ? Il est vrai que c'est un peu exigu…

Lily fut tirée de ses pensées par la douce voix de Fiona Weston. Derrière les vitres poussiéreuses de la fenêtre du petit deux-pièces situé au-dessus du Crumpets, elle apercevait la rue principale du village, incomparablement plus bruyante que le parc qui entourait le Manoir. Un groupe d'hommes fumait devant le pub local, la Duchesse de Cambridge, une pinte de bière à la main. Elle grimaça au bruit d'un scooter qui traversa la rue en pétaradant.

Elle devrait s'y habituer… Plus de douce fragrance de rose embaumant les parterres au-dessus des fenêtres. Plus de bois accueillants ni de vertes prairies sur lesquels promener son regard… Il lui faudrait apprendre à vivre avec le brouhaha des foules et le va-et-vient des voitures.

— C'est… c'est ravissant, Fiona, affirma-t-elle sur le ton le plus enjoué qu'elle put.

Le cognac qu'elle avait bu un peu plus tôt dans la journée lui avait laissé un affreux mal de tête et, pour ne rien arranger, elle ne parvenait pas à chasser l'image de Ciro d'Angelo de son esprit, pas plus que le souvenir de sa réaction quand il lui avait pris le bras. Une réaction qui rendait plus amère encore la douleur causée par la perte du domaine familial. Elle se sentait vulnérable et coupable à la fois. Coupable parce que même si sa réaction l'avait indignée, une partie d'elle-même s'était réjouie de la puissance du désir qui l'avait alors saisie.

— Tout à fait ravissant, ajouta-t-elle en se forçant à sourire.

— Dans ce cas, dit Fiona dubitative, tu peux emménager quand tu le souhaites.

Lily opina et le regard positif que son grand-père avait toujours porté sur la vie lui revint à l'esprit. Ne devrait-elle pas prendre exemple sur le vieil homme et regarder le bon côté des choses ?

— J'ai hâte de m'y installer ! C'est un petit appartement si bien agencé ! Une couche de peinture, quelques plantes et tu ne reconnaîtras plus les lieux !

— Il est vrai qu'il a grand besoin d'être rafraîchi, admit Fiona. De plus, je ne sais pas où tu vas pouvoir installer ton frère lorsqu'il rentrera de l'internat le week-end.

— Oh ! Ne t'en fais pas. Il sait s'adapter à toutes les situations. Et puis je crois que je vais faire des folies et acheter un nouveau canapé-lit.

— Très bonne idée ! Quoi qu'il en soit, le loyer ne sera pas excessif, à peine un quart du salaire que je te verse.

Lily sursauta en entendant la somme ridicule qui lui était demandée.

— Je ne peux pas accepter de payer si peu, Fiona. Ça ne serait pas honnête de ma part…

— Oh ! Que si ! dit cette dernière d'un ton qui n'admettait pas la contradiction. Tu as toujours travaillé dur, Lily, et si nous avons autant de clients c'est bien grâce à tes gâteaux.

Dans un élan de gratitude, Lily prit la femme bienveillante dans ses bras. Son travail dans le salon de thé avait constitué un refuge durant la maladie de sa mère et le remariage rapide de son père. Elle laissait alors ses soucis sur le pas de la porte et s'absorbait dans la routine simple qui consistait à servir des tasses de thé et des parts de gâteaux aux clients.

— Bien, finit-elle par dire en souriant. Si tout est réglé, je crois que je ferais mieux de retourner travailler. Les clients risqueraient de s'impatienter et nous ne voudrions pas les mécontenter, n'est-ce pas ?

— Ça, non ! s'exclama Fiona en riant tandis qu'elle emboîtait le pas à Lily dans les escaliers.

Soulagée par cette nouvelle résolution, Lily passa son tablier rose et enfila des chaussures confortables. Mais en se recoiffant devant le miroir, elle constata que ses joues étaient rouges et son regard brillant.

Elle semblait différente, comme troublée… Un rien excitée…

Cela ne pouvait pas être dû seulement au nouveau bouleversement qu'elle venait de vivre. Tout son corps brûlait d'un feu qui trouvait sa source au cœur de sa féminité et elle savait qui en était le responsable.

Il y eut beaucoup de monde dans le salon de thé cet après-midi-là mais elle put compter sur son amie Danielle qui était également de service. La proximité d'une église qui attirait de nombreux pèlerins assurait déjà en temps normal un flot continu de clients mais par une journée aussi ensoleillée, le Crumpets était plein à craquer. La nouvelle gamme de sorbets et crèmes glacées maison fut très appréciée et le quatre-quarts au citron connut un tel succès qu'il n'en resta plus une part. Fiona dut même se rendre dans l'épicerie la plus proche pour s'approvisionner d'urgence en confiture de fraise. Ce service harassant lui avait au moins permis de se détourner du cours de ses pensées et de ne plus se demander ce qu'allait être sa vie maintenant que la maison avait été vendue.

Peu avant l'heure de fermeture, alors que le dernier client venait de partir et que Danielle avait disparu dans la cuisine pour s'attaquer à la vaisselle, le tintement de la porte d'entrée annonça un nouvel arrivant. Etouffant un soupir qu'elle changea aussitôt en un sourire chaleureux,

Lily leva les yeux du présentoir auquel elle mettait un peu d'ordre et rencontra le regard sombre de Ciro d'Angelo.

Interdite, elle sentit un frisson la parcourir. Malgré la colère qu'elle éprouvait envers lui, son corps répondait à l'aura de puissance et de virilité qui entourait le Napolitain.

— Nous fermons dans dix minutes, déclara-t-elle.

— Alors j'attends.

— Qu'est-ce que vous attendez ? demanda-t-elle en haussant les sourcils.

— La fin de votre service.

— Excusez-moi mais je crois que vous faites erreur sur la personne.

— Je ne pense pas que l'on puisse faire erreur en ce qui vous concerne, Lily, affirma-t-il d'une voix suave. Je n'ai jamais rencontré quelqu'un comme vous.

Contenant la colère qui montait en elle, Lily secoua la tête. Encore un autre de ces compliments creux qui coulaient comme du miel de sa bouche sensuelle. Combien de fois les répétait-il dans la même journée ? Combien de femmes tombaient dans le piège ?

— Ne venons-nous pas de nous quereller ? demanda-t-elle d'une voix basse pour éviter que Danielle l'entende. Et ne vous ai-je pas fait savoir que je ne souhaitais plus vous revoir ?

Ciro haussa les épaules.

— Dans le feu du moment, on dit parfois des choses que l'on ne pense pas.

— C'est vrai, mais je pense tout ce que je vous ai dit.

— Eh bien, puisque je suis ici et que la pancarte dehors indique que vous êtes encore ouverts, conclut-il en s'installant à une table, j'ai bien peur que vous deviez me servir.

Lily jeta un coup d'œil en direction de la porte, partagée entre le désir et la crainte de voir Fiona la franchir. Elle voulait voir cet homme partir et, en même temps, elle désirait sa présence si envoûtante. Assis au milieu des tables couvertes de nappes en papier et les présentoirs à gâteaux à motifs floraux, il rendait ce décor insignifiant, comme un géant qui aurait élu domicile au milieu du village.

— Je veux que vous partiez, dit-elle soudain haletante.

— Je ne vous crois pas, répliqua-t-il une lueur de défi dans le regard.

Troublée, Lily sentit un frisson de désir la parcourir.

— Il est évident que je ne pourrais pas vous y contraindre par la force.

— Je reconnais que cela vous serait difficile, murmura-t-il.

Elle regarda sa montre.

— Il ne reste exactement que sept minutes avant la fermeture… alors je vous conseillerais de passer votre commande au plus vite.

— Rien de plus simple. Je voudrais une part de ce gâteau au citron que je n'ai pas pu goûter la semaine dernière.

— Je suis désolée mais nous n'en avons plus.

— Dans ce cas, que me recommandez-vous ? interrogea-t-il un sourire indolent aux lèvres.

— Dans la mesure où c'est moi qui fais toutes les pâtisseries, je vous les recommanderais toutes.

Les yeux de Ciro s'étrécirent.

— Vraiment ?

Elle sortit son carnet de commande.

— Vraiment ! Et il ne reste plus que du café ou du chocolat chaud. Alors, qu'est que ça sera ?

— Oubliez ça.

— Oublier quoi ?

— Ma commande.

Il se leva et Lily sentit son cœur se serrer au mélange de soulagement et de profonde déception qui l'envahit.

— Vous avez changé d'avis ?

— *Sì, ho cambiato idea*. J'ai changé d'avis, en effet.

Désemparée par ce brusque changement de langue et la conscience qu'il s'était rapproché d'elle, Lily ne put s'empêcher de l'observer. La barbe de la journée ombrait légèrement ses joues tout comme le jour où il l'avait surprise dans la cuisine du Manoir. Et tout comme ce jour-là, elle ressentait le besoin absurde de la toucher… de toucher cet homme… de poser ses lèvres sur sa peau et d'en savourer longtemps le parfum.

— Qu'est-ce que vous voulez dire ? s'enquit-elle, méfiante tout à coup.

— Je veux dire que vous avez raison. Je ne vais pas rester assis là plus longtemps alors que vous me fusillez du regard.

— Je suis heureuse que vous vous soyez enfin décidé à partir.

— Mais ce n'est pas le cas, répliqua-t-il avec un sourire plein d'assurance. Du moins pas avant que vous ayez accepté de dîner en ma compagnie.

Une folle chamade saisit le cœur de Lily. Il paraissait si… si sûr de lui !

— Avez-vous vous perdu la raison ?

— J'en ai bien peur, *sì*. Parce que ces derniers jours, je n'ai pas cessé de penser à vous. J'ai constamment à l'esprit ce souvenir de vous dans la cuisine, les mains couvertes de farine et un tablier passé autour de la taille, à l'image d'une déesse domestique. Et croyez-moi, je n'ai pas l'habitude d'être ainsi obsédé par une femme.

— Je suppose qu'en temps normal, les rôles sont inversés, n'est-ce pas ? observa-t-elle, sarcastique. Que les femmes succombent à votre charme à l'instant où elles portent leur regard sur vous ?

— Puis-je les en blâmer ? répliqua-t-il, l'ébauche d'un sourire sur les lèvres. Mais je ne suis pas venu ici pour parler de l'attirance des femmes à mon égard. Je voulais que vous sachiez que je regrette ce qui est arrivé.

— Il y a au moins encore un semblant de justice sur Terre.

— Je n'aurais pas dû vous cacher que j'étais en passe d'acheter le Manoir. Mais vous devez reconnaître que je me trouvais dans une position délicate.

Hésitante, Lily sentit sa détermination faiblir. Ne lisait-elle pas sur son visage l'expression d'un regret sincère ? Et puis ce n'était pas tout à fait à lui de la mettre au courant de la vente, n'est-ce pas ?

— Suzy aurait dû m'en informer bien plus tôt, admit-elle.

— Je suis d'accord avec vous. Alors puisqu'il n'y a plus de querelle entre nous, pourquoi ne pas accepter mon invitation à dîner ?

Lily prit une profonde inspiration. Elle devrait peut-être mettre tout de suite les choses au clair, parce que Ciro d'Angelo était sans aucun doute un coureur-né et elle ne s'engageait jamais dans une relation sans lendemain avec un homme, aussi séduisant et riche fût-il.

— Je n'ai pas l'habitude de sortir avec des hommes.

— J'ai du mal à le croire.

— Croyez-le parce que c'est vrai.

— Je pense alors que vous devriez faire une exception dans mon cas, murmura-t-il.

Lily riva ses yeux aux siens. Ses paroles aussi douces que des caresses faisaient naître en elle mille petits frissons. Il *fallait* qu'elle refuse, qu'elle lui dise non. Elle *devait* lui dire non parce qu'il éveillait en elle des émotions qu'elle préférait oublier. Des émotions liées à la femme qu'elle avait été, une femme délaissée par son fiancé… Et en même temps, il ranimait en elle le feu dévorant d'un désir qu'elle croyait à jamais éteint, un brasier indomptable et intense qui envahissait la moindre parcelle de son corps. Cet homme représentait un réel danger pour elle !

— Je ne sais pas, admit-elle.

Ciro sourit. Le combat intérieur qui se livrait en elle lui plaisait. Il aimait son hésitation.

— Je vous en prie.

— Je me demande juste, articula-t-elle doucement, pour quelle raison un homme d'affaires aussi accompli que vous semblez l'être s'intéresse à une maison perdue au milieu de la campagne anglaise.

— Vous l'ignorez ?

— Comment le saurais-je ? Je suis toujours la dernière informée.

Il marqua une pause avant de répondre.

— J'envisage d'en faire un hôtel.

Lily le dévisagea, sous le choc.

— Vous voulez transformer le Manoir en hôtel ? répéta-t-elle horrifiée.

— En un hôtel luxueux et raffiné, oui, comme le sont tous mes hôtels. Vous pouvez demander autour de vous si vous en doutez.

Mais le raffinement est une notion subjective, n'est-ce pas ? songea Lily. Elle s'imagina ses chères chambres au charme suranné métamorphosées en pièces sans âme ornées de lits à baldaquin faussement baroque, de tapis beiges impersonnels et d'ornements floraux outranciers qui lui avaient toujours fait penser à des chambres funéraires.

— Est-ce censé me rassurer ?

Il ravala une réplique acerbe.

— Si c'est la condition pour que vous acceptiez de dîner avec moi, alors, vous pouvez l'être. Dites oui, Lily. Juste pour une soirée. Le temps d'un repas. Qu'est-ce qui vous effraie tant ?

Que dirait-il si elle lui avouait que tout, absolument tout l'effrayait ? se demanda Lily. Qu'en cet instant, le monde entier lui paraissait terrifiant ? Qu'elle s'inquiétait pour l'avenir de son frère et que la question de savoir comment ils allaient cohabiter dans un si petit appartement la tourmentait sans cesse ?

Cependant, n'était-elle pas en train de s'isoler un peu trop depuis quelque temps ? Elle ne se souvenait même plus de la dernière fois où elle était sortie avec un homme. Sa séparation avec Tom l'avait meurtrie, oui… Mais ne risquait-elle pas d'empêcher cette blessure de cicatriser en fuyant ainsi le reste du monde, comme une damoiselle éplorée recluse dans un donjon ? Depuis quand n'avait-elle rien commis d'imprudent, juste pour le goût du risque ? Pour quelle raison ne passerait-elle pas la soirée avec Ciro d'Angelo — mise à part la certitude d'être incapable de résister à ses avances ?

— Je ne veux pas rentrer trop tard, prévint-elle.

Un sourire de triomphe éclaira le visage de Ciro.

— Donnez-moi votre numéro de téléphone.

Elle s'exécuta, ânonnant les chiffres d'une voix monocorde. Sans prendre la peine de les noter, Ciro sortit une carte de sa poche et la lui tendit.

— Je vous appellerai, déclara-t-il en se levant pour aller tenir la porte du salon de thé à une femme dont les bras étaient chargés de pots de confiture.

L'esprit et les sens en ébullition, Ciro sortit dans la lumière encore éclatante du jour. Pendant un instant, il avait cru que Lily allait refuser de dîner avec lui, un instant durant lequel il avait ressenti le goût amer et peu familier de l'incertitude.

Pourtant à y bien réfléchir, n'était-ce pas ainsi que les choses se déroulaient avant l'émancipation des femmes ? Avant qu'elles ne deviennent ridiculement faciles et calquent sur les hommes leur attitude prédatrice ? Les hommes devaient alors engager un véritable travail de séduction pour les mettre dans leur lit… Et pour la première fois de sa vie, il venait de vivre une expérience similaire.

Jetant un dernier regard en direction du salon de thé,

il aperçut Lily à travers la vitrine et la vue de ses courbes voluptueuses soulignées par son tablier rose déclencha en lui une violente onde de désir. Avait-elle conscience d'avoir allumé en lui un feu d'une telle violence ? Ses mâchoires se contractèrent et ses yeux noirs brillèrent d'une lueur implacable. Il était sûr de tenir sa proie. Peu importait la résistance qu'elle lui opposerait, Lily Scott serait bientôt dans son lit.

4.

Qu'est-ce qui avait bien pu lui passer par la tête ? se demanda Lily. Elle avait été stupide d'accepter ce dîner avec Ciro d'Angelo. Elle devrait l'appeler tout de suite pour lui dire qu'elle avait changé d'avis, que les événements avaient troublé son jugement. Mais n'allait-elle pas passer pour une dégonflée ? Et comment se justifierait-elle ? *Je suis désolée, Ciro... mais tu réveilles en moi des émotions enfouies que je ne souhaite pas voir resurgir. Quand je te regarde, je sens brûler en moi un désir insoutenable qui me consume... et je ne veux plus revivre ça... plus jamais !*

Mais après la visite inopinée de sa belle-mère qui entra dans sa chambre avec fureur pour la bombarder de questions à propos de son rendez-vous avec Ciro, Lily constata que l'heure était désormais trop avancée pour songer à annuler le dîner.

Elle prit donc une douche rapide. Elle en sortait à peine lorsque son frère l'appela de l'internat. Jonny aimait le Manoir, peut-être plus encore qu'elle-même. Mais il n'eut de cesse, tout le temps qu'ils se parlèrent, de la rassurer en lui disant que l'appartement serait parfait pour eux et qu'elle n'avait pas de soucis à se faire pour ça. Malgré cela, elle ne parvenait pas à chasser l'idée que la vue de leur nouveau logement serait une cruelle épreuve pour lui et dut se retenir de pleurer.

Lorsqu'elle eut raccroché, elle s'aperçut qu'il était

près de huit heures. Il ne lui resta que le temps d'appliquer un peu de rouge à lèvres et de coiffer ses cheveux encore humides en un chignon tout simple. Hésitant devant sa penderie, elle finit par choisir la seule robe qui lui redonnait toujours le moral, quelles que soient les circonstances. Elle l'avait confectionnée elle-même en s'inspirant d'un modèle très féminin des années cinquante, une des rares périodes dont le style s'accordait avec ses formes généreuses. Cette robe d'un bleu profond lui arrivait jusqu'aux chevilles de telle sorte qu'elle n'était en rien provocante malgré un décolleté adorablement échancré. Un détail qui revêtait beaucoup d'importance ce soir car elle ne souhaitait pas que Ciro d'Angelo se méprenne sur ses intentions et pense qu'elle allait se jeter dans ses bras comme les autres femmes devaient certainement le faire.

Au bruit d'une voiture qui descendait l'allée, Lily saisit son sac à main et se dirigea vers le hall où sa belle-mère semblait l'attendre, livide de colère.

— Sais-tu au moins quel genre d'homme c'est ?

— Non, mais je suppose que tu vas me le dire, répliqua Lily en soupirant.

— Un millionnaire connu dans le monde entier pour ses nombreuses conquêtes féminines, voilà de quel homme il s'agit ! Un homme qui compte des mannequins et des princesses à son palmarès ! A laquelle de ces catégories prétends-tu appartenir, Lily ?

Puis lissant machinalement les plis de la jupe courte qui ne cachait rien ou presque de ses splendides jambes, elle ajouta avec un regard embarrassé :

— Et puis, cet homme est bien plus proche de mon âge que du tien…

Déstabilisée, Lily s'immobilisa la main sur la poignée de la porte. Oui, c'était peut-être le cas… Quel âge pouvait-il avoir, trente-cinq ans ? Suzy, elle, allait sur ses quarante ans. Soudain elle eut la vision de sa belle-mère enfouissant ses doigts parfaitement manucurés dans l'épaisse chevelure de jais du Napolitain. Une nausée monta en elle.

— Qu'est-ce que tu essaies de me faire comprendre ?

— Qu'il n'est pas dans ta catégorie !

Plaquant un sourire forcé sur son visage, elle ajouta :

— Je te dis cela dans le seul but de te protéger, Lily. Je n'ai pas envie de te voir souffrir.

— Bien sûr que non, répondit calmement Lily en fermant la porte derrière elle.

Les jambes tremblantes, elle traversa l'allée et se dirigea vers la voiture au moment où Ciro en sortait. A cet instant, les mots de Suzy lui revinrent à l'esprit. *Pas dans ta catégorie !* Dans le costume italien sur mesure qui mettait en valeur son teint hâlé, Ciro d'Angelo paraissait tout droit venu d'un autre monde.

Cependant quelque chose dans le sourire désarmant qui incurvait ses lèvres sensuelles ne s'accordait pas avec l'image du séducteur chevronné dont Suzy lui avait parlée.

— *Dio, quanto sei incantevole*, murmura-t-il en lui tenant la portière de la luxueuse décapotable.

— Vous vous doutez bien que, ne parlant pas italien, il m'est difficile de comprendre ce que vous venez de dire, remarqua-t-elle en prenant place dans la voiture.

Il parut hésiter une fraction de seconde puis précisa :

— Cela signifie que je vous trouve… très élégante.

— Merci.

Lily sentit ses joues s'empourprer. L'expression « Très élégante » devait revêtir un tout autre sens dans l'esprit de Ciro car le regard ardent qu'il posait sur elle la faisait surtout se sentir incroyablement sexy. Elle lissa discrètement sa robe sur ses jambes pendant qu'il s'installait au volant.

— J'ai laissé la capote baissée… j'espère que ça ne

vous ennuie pas ? Les femmes craignent souvent que cela ruine leur coiffure.

S'efforçant de ne pas relever cette allusion à d'autres femmes, Lily secoua la tête.

— J'ai tellement d'épingles à cheveux qu'une tornade n'y ferait rien.

— Vous ne les portez jamais détachés ? demanda-t-il en lui jetant un regard curieux.

— Cela m'arrive assez rarement. J'en ai une telle épaisseur qu'ils sont proprement indomptables.

— Je n'en doute pas une seconde.

Ciro eut la soudaine et saisissante vision de ces longs cheveux cascadant sur les épaules et les seins nus de Lily et une vague de chaleur le submergea tout entier. S'efforçant de chasser cette image obsédante de son esprit, il ajouta :

— Avez-vous décidé de l'endroit où vous allez vous installer ?

Lily eut un sourire amer. A l'entendre, elle n'avait que l'embarras du choix.

— Je vais emménager dans l'appartement situé au-dessus du salon de thé dans lequel je travaille.

— Comment est-ce ?

Un instant, elle fut tentée de lui répondre : « De la taille d'une boîte à chaussures. »

— Oh ! Je ne pourrais pas trouver plus proche de mon lieu de travail. Cependant je vais devoir refaire un peu la décoration car il est resté inoccupé quelques années. J'aimerais réussir à le rendre aussi accueillant et chaleureux que notre maison avant que Jonny ne rentre la semaine prochaine.

— Jonny ? interrogea Ciro en serrant si fort le volant que les jointures de ses doigts blanchirent.

— Mon frère.

Soulagé, il respira profondément. Son frère… Une

soudaine euphorie le gagna, comme s'il avait appris qu'un de ses biens venait de quadrupler sa valeur.

— Votre frère ?

— Oui. Il étudie à l'internat et rentre presque tous les week-ends. Il n'a pas encore vu notre nouveau logement, alors je souhaiterais l'embellir un peu avant sa venue.

— Quel âge a-t-il ?

— Il a seize ans.

— Et vos parents sont…

— Décédés tous les deux, coupa-t-elle, habituée à s'entendre toujours poser la même question sur un ton proche de la pitié.

— Je suis désolé.

— C'est la vie.

Une pause se fit durant laquelle elle concentra son attention sur la route. Puis elle demanda :

— Et vous ?

— Ma mère vit toujours. Elle habite à Naples. Mon père… mon père est mort il y a très longtemps déjà.

En voyant l'expression soudain dure et fermée de son visage, Lily ravala la question qui lui brûlait les lèvres.

— Vous voyez, finit-elle par dire, chacun d'entre nous porte en lui sa part de souffrance.

— Je suppose que vous avez raison, admit Ciro en prenant conscience qu'il n'avait jamais eu de conversation aussi personnelle avec une femme qui n'avait pas partagé son lit. L'idée d'étreindre ce splendide corps ranima instantanément le feu qui couvait en lui.

— Essayons de nous détendre un peu et de profiter du trajet, qu'en pensez-vous ? dit-il d'une voix troublée.

S'enfonçant dans son fauteuil, Lily s'efforça de dominer les émotions douloureuses qui l'assaillaient de nouveau. Elle voulait se persuader que cette vie luxueuse était la sienne. Elle voulait oublier la cruelle réalité, oublier ce détestable deux-pièces et le souci constant qui la tourmentait de l'agencer au mieux pour Jonny. Et elle voulait cesser de ressentir ce puissant et douloureux désir envers ce dangereux Napolitain.

— Où allons-nous ? demanda-t-elle après un moment.

— Dans un endroit appelé la Maison de la Prairie. Vous connaissez ?

— Vous parlez de l'hôtel ?

— C'est exact.

— C'est l'endroit où vous logez ? interrogea-t-elle en tirant machinalement sa robe sur ses genoux.

— Je ne voulais pas faire le trajet jusqu'à Londres après notre dîner et de plus…

Il marqua une pause, jetant un regard dans le rétroviseur, avant de reprendre :

— Je me plais à considérer mon séjour là-bas comme une mission d'investigation. Je veux me faire une idée de ce que propose la concurrence. Ils viennent d'embaucher un chef étoilé parisien et je suis curieux de savoir ce que vaut désormais leur menu.

Perplexe, elle le dévisagea. Quelle que soit la façon dont il présentait les choses, le fait était qu'il la conduisait à son hôtel. Cela ne pouvait signifier qu'une seule chose : il avait l'intention de la mettre dans son lit.

Son regard s'attarda sur les puissantes cuisses de Ciro avant de se porter sur ses mains vigoureuses. Elles semblaient s'agripper au cuir souple du volant comme aux hanches d'une femme. Evidemment qu'il voulait la mettre dans son lit ! Après tout n'était-il pas de toute évidence un homme au sang chaud ? L'atmosphère électrique et sensuelle qui régnait entre eux depuis le début ne pouvait que le conforter dans sa détermination. Une chose était sûre, il ne l'emmenait pas à l'hôtel pour passer la soirée à discuter sagement de gastronomie.

Elle regrettait que ses vues fussent si… manifestes. Malgré ses pires craintes concernant ce rendez-vous, elle n'avait pas douté une seconde qu'il ne fît l'effort de se comporter en gentleman. Croyait-il vraiment qu'en acceptant de dîner avec lui, elle avait eu l'intention de finir dans son lit ? Si c'était le cas, il allait être déçu !

L'arrivée dans le parking de la Maison de la Prairie arracha Lily à ses pensées. Elle suivit Ciro jusqu'à la réception où tout le monde parut le connaître. Puis ils traversèrent l'hôtel jusqu'à un jardin où des tables semblaient avoir été dressées sur une fantaisie soudaine de la direction. L'endroit avait un air bohème, mêlant vaisselle dépareillée et verres à vin aux couleurs rubis, émeraude ou ambre. De luxuriants buissons de jasmins embaumaient l'air de leur parfum entêtant. Sur chaque table, chaque support, palpitait la lumière vacillante d'une débauche de lumignons multicolores.

Malgré le malaise que suscitaient en elle la perspective de cette soirée et les regards curieux que leur adressa la riche clientèle, Lily fut enchantée par ce décor.

— Comme c'est beau, murmura-t-elle.

— Vous n'étiez jamais venue ici auparavant ?

— Non, c'est la première fois, admit-elle en prenant place sur la chaise qu'il lui présentait.

Ciro perçut une note mélancolique dans sa voix. Elle avait parfois un regard si triste, si perdu, qu'elle paraissait porter le poids du monde sur ses épaules.

Il l'observa pendant que le serveur prenait leurs commandes et leur servait du champagne. La lumière ondoyante des bougies faisait danser des ombres lascives sur le discret décolleté qui dévoilait le renflement pâle de sa poitrine.

— Jolie robe.

— Vous trouvez ?

— Parfaitement. J'aime aussi beaucoup sa couleur. Vous l'avez achetée pour l'assortir à celle de vos yeux ?

Lily sourit. Elle avait acheté ce tissu un prix dérisoire, profitant d'une promotion sur une fin de série.

— Pour tout dire, je l'ai confectionnée moi-même.

— Vous confectionnez vos vêtements ? demanda-t-il abasourdi.

— Vous semblez surpris, s'amusa-t-elle.

— C'est le cas. Je n'ai pas l'habitude de rencontrer de femmes aussi accomplies ou aussi travailleuses que vous l'êtes.

— Ah non ? Alors quel genre de femme *rencontrez-vous* d'habitude ?

Ciro but une gorgée de champagne tout en considérant la question. Il songea aux robes-fourreaux et aux talons aiguilles ; aux lèvres vernissées de brillant et aux incontournables strings. A toutes ces femmes qui représentaient l'antithèse de l'être doux et charmant qu'il avait en face de lui. Il pensa à Eugenia, à son illustre lignée et à l'image lisse et dorée qu'elle cherchait toujours à offrir. Il plongea alors ses yeux dans ceux de Lily. Aussitôt tout autour d'eux disparut. Plus personne n'existait.

— Aucun qui vaille d'être évoqué, dit-il d'un ton suave.

Le serveur apporta les entrées. L'estomac noué, Lily admira son assiette de tagliatelles de butternut parsemées de truffe et de fromage de chèvre, se demandant si elle parviendrait à lui faire honneur. Quelle ironie ! Il fallait que son solide appétit lui fasse défaut le jour où elle dînait dans un restaurant gastronomique… Mais pour autant qu'elle pouvait en juger, Ciro ne montrait pas plus d'intérêt qu'elle pour son assiette.

Les entrées à peine touchées furent bientôt remplacées par du poisson accompagné de petits légumes. Lily se força à goûter son plat. Tandis qu'elle finissait d'avaler une bouchée, elle leva les yeux et croisa le regard ardent de Ciro qui la fixait intensément.

— Aurais-je un morceau d'épinard entre les dents ? s'enquit-elle.

Il secoua la tête.

— Vos dents sont parfaites. Je me posais simplement quelques questions.

Repoussant son assiette, elle saisit son verre de vin.

— A quel propos ?

— Je me demandais ce qui vous poussait à vouloir emménager avec votre frère dans cet appartement.

— J'y suis contrainte. Mon frère et moi n'avons rien hérité à la mort de mon père.

— Pour quelle raison ?

Elle crispa les doigts sur son verre.

— Parce que mon père s'est remarié après le décès de ma mère avec une femme beaucoup plus jeune que lui. Et je suppose qu'il devait être… trop absorbé pour se soucier de s'occuper de sa succession. Bien que cela ne lui aurait pris que peu temps… Il a succombé à une crise cardiaque après seulement dix mois de mariage.

L'évocation de ce drame fit remonter en elle un souvenir douloureux qu'elle aurait préféré garder enfoui dans sa mémoire. L'image de son père portant une main crispée à sa poitrine, le visage livide et perlé de sueur… Les hurlements hystériques de sa belle-mère emplissant la salle à manger… Après avoir crié à Suzy d'appeler une ambulance, elle avait pratiqué les premiers gestes de secours, mais en vain…

Lily porta la coupe de champagne à ses lèvres et but une longue gorgée qui lui brûla la gorge.

— Je suis désolé, dit-il doucement.

— Ce sont des choses qui arrivent. On n'y peut rien. Suzy a hérité de tous nos biens, je dois l'accepter.

La vie ne l'avait pas épargnée et pourtant elle ne montrait aucune amertume, songea-t-il. Pas même envers sa belle-mère qui n'avait eu aucun scrupule à la mettre à la rue.

— Alors, vous n'avez aucune ressource ?

— Bien sûr que si ! se défendit-elle. Mes revenus ne valent peut-être pas les vôtres, mais je gagne ma vie en vendant mes pâtisseries et en servant dans le salon de thé, au cas où vous l'auriez oublié.

— Votre courage et votre dévouement sont dignes d'admiration, admit-il avec sincérité.

— Assez parlé de moi, dit-elle brusquement, ignorant son compliment. Vous êtes la seule énigme ici et j'en sais si peu sur vous.

— Je suis surpris que vous ne vous soyez pas déjà renseignée sur mon compte.

— Comment l'aurais-je pu ?

— En cherchant sur internet.

Elle fronça les sourcils.

— C'est ce que font les gens ?

— Oui, la plupart du temps, dit-il dans un haussement d'épaules. Nous sommes entrés dans l'ère du numérique. Malheureusement, les informations en ligne sont souvent peu fiables.

Lily perçut la pointe de cynisme dans sa voix. C'était probablement là l'un des inconvénients majeurs de la réussite : susciter l'intérêt d'innombrables personnes. Des personnes qui pouvaient fouiller votre vie intime et connaître le moindre de vos déplacements… Elle frissonna à cette idée.

— De toute façon, je n'ai pas d'ordinateur.

— Alors ça, commenta-t-il un sourire amusé aux lèvres, je n'y crois pas !

— Je vous jure que c'est la pure vérité ! J'ai toujours préféré l'action à la passivité de la lecture. Pourquoi passerais-je mon temps à regarder un écran ou à discuter sur les réseaux sociaux quand il y a tant de belles choses à voir et de personnes à rencontrer dans la vraie vie ?

Là-dessus, il partit d'un rire si sonore que le couple silencieux à la table voisine leur lança des regards où perçait l'envie.

— Etes-vous bien réelle, Lily Scott ? finit-il par demander d'une voix douce.

Désemparée, Lily s'efforça de soutenir son regard pénétrant, mais un profond sentiment de vulnérabilité l'envahit. Elle sentit la pointe de ses seins se durcir et une douce chaleur monter du plus profond de son ventre. La situation devenait dangereuse !

— Je le suis bien assez, répliqua-t-elle. Par contre, j'ai encore du mal à vous cerner. Que dois-je savoir sur vous avant que vous n'envoyiez votre flottille de bulldozers ?

— Il semblerait que vous vous mépreniez sur le métier de promoteur, rétorqua-t-il. A vous entendre, on croirait qu'il ne consiste qu'à saccager ce qui existe.

— Comment le pourrais-je quand on sait que le seul but des promoteurs est la valorisation du patrimoine écologique de la planète, ironisa-t-elle.

— Je n'envisage pas de raser le Manoir, Lily.

— J'aimerais tant vous croire…

— Vous pouvez car c'est la stricte vérité, affirma-t-il d'une voix douce. Pour tout dire, je vais engager des travaux de restauration afin que la maison retrouve sa splendeur d'origine. J'en ferai le genre d'hôtel recherché pour son raffinement simple et son environnement calme.

Lily le considéra en silence. La perspective de savoir la maison qui l'avait vue grandir ouverte à quiconque y louerait une chambre ne l'enchantait pas. Mais d'un autre côté, si le Manoir devait être vendu à un hôtelier, alors Ciro d'Angelo s'avérait peut-être le meilleur compromis. Il aurait pu s'agir d'un promoteur désirant y construire un lotissement ou un complexe moderne.

— Ça n'a pas l'air si mal que ça, après tout…

— Je suis heureux que vous approuviez mon projet, déclara-t-il d'une voix solennelle.

— Je n'irai pas jusque-là… et je constate que vous ne m'avez toujours pas parlé de vous.

— Que souhaitez-vous savoir exactement, *dolcezza* ?

Elle eut soudain l'irrépressible envie de sentir ses lèvres pleines écraser les siennes, ses seins douloureux pressés contre son torse viril.

— Avez-vous des frères ou des sœurs ?

— Non, je suis fils unique.

— Et vous avez vécu une enfance… heureuse ?

La gorge de Ciro se noua. Devait-il s'ouvrir à elle et lui dire la simple vérité ? Lui confier que sa jeunesse fut un enfer ? Qu'étendu en silence dans la pénombre de sa chambre, il avait guetté chaque soir le bruit de talons aiguilles annonçant l'arrivée de sa mère, retenant son souffle pour surprendre les murmures complices qu'elle échangeait avec les hommes qui l'accompagnaient parfois.

— Passablement, mentit-il.

Lily surprit une lueur froide dans le regard de Ciro.

— Passablement, c'est tout ? insista-t-elle, soudain intriguée.

— Est-ce un dîner ou une séance de thérapie ?

Malgré la faible lumière dispensée par les lumignons, Lily nota son expression devenue glaciale et la panique s'empara d'elle à l'idée qu'elle ait pu gâcher la soirée.

— Je ne voulais pas me montrer indiscrète…, s'empressa-t-elle d'ajouter.

Au ton sincère de sa voix, Ciro se radoucit. Ne s'était-il pas montré trop dur envers elle ? Ce qu'il avait d'abord pris pour de la curiosité, ne s'apparentait-il pas simplement à un élan de sollicitude ?

— Tout cela remonte à bien longtemps maintenant, finit-il par dire. Et je préfère ne pas remuer ces souvenirs. Au fond, tout ce que vous devez savoir à mon sujet, c'est que je suis un simple gars de Naples.

Touchée par son irrésistible sourire et autant que par cette déclaration farfelue, Lily se mit à rire.

— Qui en douterait !

Il se pencha en avant et ajouta :

— Qui brûle d'embrasser la femme assise en face de lui.

D'une main tremblante, Lily posa son verre sur la table.

— Arrêtez, dit-elle en soufflant.

— Pourquoi taire ce que nous avons passé la soirée à penser si fort ?

— Vous n'avez pas la moindre idée de ce que je peux penser, Ciro.

— Oh ! Je crois au contraire en avoir une idée assez juste. Je vous ai observée très attentivement toute la soirée. Vous ne pouvez pas cacher cette lueur dans vos yeux pas plus que les autres signaux que votre corps m'envoie à votre insu. Je sais que je vous plais, Lily, et vous me plaisez aussi. Même un aveugle le verrait. Je vous désire depuis notre première rencontre.

Lily leva les yeux vers lui, le cœur battant follement et les joues en feu. L'intensité de son regard provoqua en elle une délicieuse vague de chaleur. Et soudain, elle eut peur. Les mises en garde de sa belle-mère lui revinrent à l'esprit. Tout ce qu'elle avait dit à propos de Ciro n'était-il pas vrai ? Qu'il était riche et puissant ? Qu'il ne sortait qu'avec des mannequins et des actrices ? Qu'il n'appartenait pas au même monde qu'elle ?

Elle sourit faiblement.

— La journée a été longue. Je suis très fatiguée. Je crois qu'il est temps que je rentre à la maison.

— Bien sûr, dit Ciro d'un ton neutre en se levant.

Son assentiment semblait avoir calmé Lily. Même s'il n'avait pas l'intention de la laisser partir, il ne pouvait pas la retenir contre sa volonté, n'est-ce pas ? En revanche, il savait que s'il l'embrassait, il était assuré de vaincre toute résistance et il comptait bien mettre toutes les chances de son côté pour y parvenir. Il ferait donc tout aussi bien de passer par les jardins pour rejoindre le parking au lieu de retraverser l'hôtel.

— Où allons-nous, interrogea Lily d'une voix troublée en constatant qu'ils s'éloignaient du bâtiment.

— J'ai pensé qu'une femme si avide de voir toutes les belles choses que pouvait offrir la vraie vie préférerait regagner le parking en empruntant les charmantes allées de ces somptueux jardins.

Tout en se morigénant de n'avoir pas assez insisté pour passer par l'hôtel, Lily se sentit gagnée par la curiosité et l'émerveillement. L'allée qu'ils parcouraient serpentait entre des bosquets d'arbres magnifiques éclairés par des guirlandes de lampions. Plus loin, des hêtres majestueux élevaient leurs longs fûts argentés au-dessus du tapis duveteux et ondoyant des hautes herbes. Elle avait l'impression de pénétrer dans une forêt enchantée. En d'autres temps, en d'autres circonstances, elle aurait pris plus de plaisir à contempler la beauté des lieux.

Mais à mesure qu'ils avançaient, elle éprouvait de plus en plus de mal à respirer. Ciro dégageait une telle présence qu'elle en était bouleversée. Elle brûlait à l'idée de sentir ses mains puissantes et ses lèvres sensuelles parcourir son corps.

En apercevant enfin la brillante décapotable, elle fut envahie par un soulagement intense en même temps que par une insondable tristesse. Partagée entre ces émotions contradictoires, elle ne remarqua pas tout de suite que Ciro, qui s'était penché pour ouvrir la portière, venait de suspendre son geste, s'immobilisant subitement.

— Lily, murmura-t-il.

Son cœur cessa de battre. S'il avait dit quelque chose de spirituel ou d'enjôleur, peut-être eut-elle réagi autrement. Mais ce fut tout. Lorsqu'il se retourna et que leurs regards se croisèrent, elle se sentit perdue. Ciro d'Angelo dut percevoir instinctivement sa réaction, car il la tira à lui dans un murmure rauque et l'embrassa.

5.

Elle n'avait jamais reçu pareil baiser, ni ressenti pareille émotion. La bouche pleine et sensuelle de Ciro effleura d'abord ses lèvres en un baiser fugace. Ce doux frôlement suffit à l'enflammer tout entière, attisant son désir. Puis il se fraya un passage entre ses lèvres et explora sa bouche en mouvements exquis qui provoquaient une foule de sensations enivrantes dans tout son corps. Quand sa langue se mit à simuler l'acte d'amour par de légères caresses, elle eut l'impression de perdre pied.

Alors, enroulant un bras autour de sa taille, Ciro la serra contre lui et, de sa main libre lui inclina la tête pour approfondir leur baiser. Puis il enfonça avidement les doigts dans sa chevelure tandis qu'il la plaquait contre la voiture. Elle pouvait sentir le contact froid du métal sous ses paumes et le poids du corps de Ciro contre le sien, consciente de sa virilité tendue contre le tissu de sa robe.

Elle ne pouvait s'empêcher de répondre à son baiser ardent. Il y avait si longtemps que personne ne l'avait embrassée ! Elle en avait oublié qu'on pouvait éprouver émotions si intenses et désir si violent. Que le monde pouvait ainsi être bouleversé au point que plus rien d'autre ne semblait avoir d'importance. Ce baiser lui fit oublier les inquiétudes et les doutes qui la rongeaient, ne laissant en elle qu'un feu dévorant et elle se mit à onduler fiévreusement des hanches contre le sexe dur de Ciro.

Elle ouvrit plus grand sa bouche pour goûter plus intensément la volupté de ce baiser et Ciro laissa échapper un grognement sourd. « Je ne devrais pas faire ça, pensa-t-elle en sentant la main brûlante du Napolitain se refermer sur son sein. Et surtout pas avec lui. » Au prix d'un suprême effort, elle parvint à s'arracher à ses lèvres et leva vers lui un regard hébété.

Haletant, Ciro contempla son visage à la peau laiteuse, cette bouche merveilleuse qui l'obsédait, ses yeux embrumés de passion. Il pouvait sentir sa poitrine gonflée de désir palpiter contre son torse. Insinuant une main sous le bustier de sa robe, il effleura un mamelon durci à travers le soutien-gorge et dut fermer les yeux de peur de perdre le contrôle de lui-même. Ils devaient gagner sa chambre avant d'atteindre le point de non-retour, avant qu'emporté par l'urgence de sa passion, il ne la possède, ici, contre la voiture.

— Montons dans ma chambre, proposa-t-il. Avant que quelqu'un nous surprenne et appelle la police.

Le souffle coupé par cette offre sans détour, Lily prit brutalement conscience de la situation. D'un côté, elle voulait prolonger ces baisers, s'abandonner voluptueusement à ces délicieuses caresses qui provoquaient en elle des décharges de plaisirs d'une intensité qu'elle n'aurait jamais soupçonnée. Mais d'un autre côté… d'un autre côté, Ciro pressait ouvertement l'ardeur de son désir contre la féminité de ses hanches tout en proposant d'une voix rauque de monter dans sa chambre ! Et où cela la conduirait-il si ce n'était à traverser le hall de l'hôtel dans une tenue débraillée sous le regard entendu du personnel et à subir un tourment similaire le lendemain matin. Que croyait-elle qu'il allait se produire ?

Dans un sursaut de volonté, elle s'écarta, les mains plaquées sur le torse du beau Napolitain.

— Tu perds la raison ! lança-t-elle d'un ton sec.

Surpris, Ciro pensa tout d'abord qu'elle plaisantait. Comment pourrait-elle le repousser après le baiser enflammé qu'ils venaient d'échanger ? Puis il distingua l'expression fermée de son visage.

— Tu ne veux pas faire l'amour ? demanda-t-il avec un accent plus prononcé que d'habitude.

— Faire *l'amour* ? répéta-t-elle dans un sursaut. Faire ça dehors, contre une voiture, c'est ça ta conception de l'amour ?

Le désir l'emporta chez lui sur l'indignation suscitée par cette remarque injuste. Il ne voulait pas la voir en colère. Il la souhaitait de nouveau douce et avenante. Il voulait la conduire dans l'intimité de sa chambre et la déshabiller avec lenteur. Il voulait l'allonger sur le lit et parcourir son corps de ses yeux, de ses mains, de sa bouche. Il voulait écarter ses cuisses magnifiques et s'introduire doucement dans sa brûlante féminité.

— Il est vrai que nous nous sommes un peu emportés, admit-il.

Lily secoua la tête, déçue d'avoir cédé si facilement à ses pulsions… et après tout ce qu'elle avait déjà enduré !

— C'est… c'est le moins qu'on puisse dire, observa-t-elle en vérifiant ses épingles à cheveux. Maintenant, pourrais-tu me reconduire chez moi, Ciro ? Si tu refuses, je demanderai à la réception d'appeler un taxi.

Ciro resta un moment interloqué, partagé entre stupeur et frustration. Avait-elle conscience d'éconduire l'un des célibataires les plus convoités d'Italie ? Un homme dont tant de femmes se disputaient les faveurs ? Décidément, Lily ne se contentait pas d'incarner le charme féminin d'une autre époque, elle en avait aussi la morale !

— Ne te donne pas cette peine, je te reconduis chez toi, assura-t-il en lui ouvrant la portière.

Comme elle lui jetait un regard suspicieux, il ajouta sur un ton acide :

— Oh ! Inutile de t'inquiéter. Je ne suis pas désespéré au point de me jeter sur une femme qui se refuse à moi !

— Je te remercie, fit-elle avec raideur.

Lily réprima un soupir de soulagement. Pourquoi se souciait-elle tellement du regard des autres ? Peut-être était-ce lié à cette horrible période de sa vie qui avait suivi sa séparation avec Tom et où elle avait été tellement préoccupée par la question de savoir ce qui clochait chez elle pour que son fiancé l'ait quittée. Ce rejet cruel l'avait profondément affectée et son comportement s'en ressentait encore aujourd'hui.

Elle boucla sa ceinture de sécurité et s'efforça de regarder droit devant elle.

Ciro replaça la capote avant de s'asseoir au volant. C'était la première fois qu'il se sentait dépassé par la situation, qu'une femme le prenait ainsi au dépourvu, hormis peut-être le jour où il avait perdu sa virginité… Même alors, la femme de quinze ans son aînée qui l'avait initié au sexe s'était allongée à ses côtés, manifestement rassasiée, et avait déclaré qu'il ferait le bonheur de plus d'une femme.

Quelle ironie du sort ! Pour une fois qu'une femme se comportait en véritable dame, cela le contrariait. Mais au fond, il admirait ce refus farouche de Lily de succomber à ses avances.

Il observa à la dérobée son profil fermé.

— J'ai le sentiment que tu attends des excuses pour ce qui vient de se produire.

— C'était une erreur regrettable, dit-elle calmement. Voilà tout.

Une erreur regrettable ? Parlait-elle sérieusement ? Pourtant l'expression sévère qu'il lisait sur son visage ne laissait aucun doute. N'était-ce pas un peu hypocrite de sa part ? Pensait-elle s'être comportée comme une sainte ?

— Tu fais toujours preuve d'une telle ardeur lorsque

tu commets une erreur regrettable ? demanda-t-il d'un ton incisif.

— Je me suis peut-être laissé égarer par un homme beaucoup plus expérimenté que moi.

Ciro acquiesça, conscient de son pouvoir de séduction. Bien sûr qu'il avait plus d'expérience qu'elle ! Seule une jeune novice ou une femme aguerrie pouvait manifester une telle ardeur et se montrer soudain outrée et il était évident qu'elle appartenait à la première catégorie.

Ses pensées prirent une direction inattendue. Il avait apprécié la soirée, mis à part son frustrant dénouement. Si elle désirait que les choses prennent un peu plus de temps, quel mal y avait-il à cela ? Les relations ne se construisaient-elles pas ainsi autrefois, avant que la contraception féminine ne conduise à la recherche immédiate du plaisir ? Il fallait alors attendre avant de pouvoir mettre une femme dans son lit, réprimer le violent désir qui menaçait à tout moment de vous emporter. Comme les plaisirs et les sensations devaient être décuplées lorsque la femme s'offrait enfin à vous !

En engageant la voiture dans l'allée du domaine du Manoir, il sentit Lily gagnée par une nouvelle tension. A l'étage de la maison, les fenêtres étaient encore allumées. Si sa belle-mère attendait son retour, il était préférable qu'il l'ait raccompagnée ce soir plutôt que le lendemain matin.

— Tu peux me laisser ici, suggéra-t-elle hâtivement.

Ciro constata qu'elle avait déjà détaché sa ceinture et se tenait prête à ouvrir la portière.

— Ne t'inquiète pas, je ne vais pas te mordre, répliqua-t-il sèchement.

A ces mots, Lily sentit son cœur se serrer. Dire qu'un peu plus tôt dans la soirée, elle avait brûlé à l'idée qu'il agace ses mamelons durcis en les mordillant doucement.

— Merci beaucoup pour cette invitation à dîner,

dit-elle d'une voix monocorde. J'ai beaucoup apprécié la soirée.

Ciro rit tout bas. Cette femme était vraiment unique. Il éprouvait une certaine jubilation à vivre une situation si nouvelle pour lui. Combien de fois dans sa vie une femme avait-elle refusé ses avances ? Jamais. Lorsqu'il voyait une femme qui lui plaisait, il finissait toujours par la mettre dans son lit. C'était aussi simple que cela. Mais pas aujourd'hui.

— Quand allons-nous nous revoir ?

Lily prit quelques secondes pour se blinder et lui fit face. Elle ne prendrait pas le risque de passer un autre tête-à-tête avec lui, de se rendre vulnérable, de s'ouvrir de nouveau à la douleur du rejet et de la perte. Elle n'était parvenue à le repousser que parce qu'ils avaient franchi les limites de la décence. Mais elle ne pouvait pas affirmer qu'elle trouverait encore la force de lui résister quand, même en cet instant, elle se faisait violence pour ne pas se précipiter dans ses bras et se perdre dans la volupté de ses baisers.

— Cela n'arrivera plus, répondit-elle d'une voix calme.

— Pardon ?

Elle passa sa langue sur ses lèvres sèches.

— Nous ne nous reverrons plus.

— Pour quelle raison ?

— Je ne crois pas être ton genre de femme.

Il la transperça de ses yeux noirs.

— Ne penses-tu pas que j'en suis le meilleur juge ?

— Non ! protesta-t-elle énergiquement, certaine d'avoir pris la bonne décision. Je ne crois pas que tu sois en mesure de l'être — du moins pas en cet instant. Nous… nous vivons dans des mondes si différents, Ciro, tu ne peux pas le nier. Tu es un magnat de l'hôtellerie et moi… je suis une villageoise qui gagne sa vie en vendant des pâtisseries. Il se pourrait que nous nous rencontrions lorsque débuteront les…

Elle s'interrompit et prit une profonde inspiration.

— Les travaux. Si cela devait arriver, je préférerais que nous nous contentions de nous saluer poliment.

Ciro se retint de rire. Saluer poliment ? Avait-elle seulement idée de l'homme auquel elle s'adressait ? Pouvait-il imaginer saluer poliment la jeune femme qu'il envisageait de prendre pour maîtresse et qu'il désirait comme il n'en avait désirée aucune autre auparavant ? Sa virilité n'avait jamais été si mise à mal. A sa grande surprise, il n'en éprouvait aucune colère mais une sorte d'excitation.

Il attendrait le bon moment pour agir. N'avait-il pas réussi dans les affaires grâce à sa patience et à sa détermination ?

Il sortit du véhicule et en fit le tour pour lui ouvrir la portière. Après un moment d'hésitation, Lily prit la main qu'il lui tendait. Sitôt que leur peau entra en contact, il sentit un frisson le parcourir comme si un flux d'énergie primitive passait entre leurs deux corps. Il voulait l'embrasser une dernière fois avant de remonter dans la voiture, prendre possession de sa bouche sensuelle pour lui rappeler ce qu'elle perdait. Mais en surprenant le regard qu'elle jeta furtivement vers les fenêtres éclairées de la maison, il éprouva soudain l'irrépressible besoin de la protéger.

— Lily, murmura-t-il.

— Oui ? fit-elle d'une voix blanche.

— Je serais heureux de t'offrir mon aide durant ton déménagement. Tu n'auras qu'un seul mot à dire et je ferai tout ce qui est en mon pouvoir pour te faciliter les choses. Je te l'ai proposé avant cette soirée et je tiens à ce que tu saches que rien n'a changé.

La gorge serrée, Lily secoua la tête. Elle n'allait certainement pas lui offrir le spectacle des larmes qu'elle verserait en faisant ses adieux à son ancienne vie ! Ni le laisser être témoin de son installation dans un appartement aussi morne que lui paraissait l'avenir ! Jamais !

Elle se força à sourire.

— C'est très gentil de ta part, Ciro. Mais je préfère m'en charger seule.

Ciro serra les poings.

— Ta belle-mère part vivre à Londres ?

— C'est exact.

— Tu n'auras donc plus personne ici sur qui compter ?

Elle se mordit la lèvre, fuyant son regard inquisiteur. Ce n'était pas le moment de lui dire qu'elle n'avait jamais pu compter sur Suzy. Qu'il y avait longtemps déjà qu'elle n'attendait plus rien de personne.

— Tout ira bien.

Lorsqu'elle lui tourna le dos pour s'éloigner, il l'attrapa par le poignet. Sa main lui parut si large et si mate sur sa peau diaphane. Elle pouvait sentir son pouls battre follement sous ses doigts. Elle dut lutter contre l'envie impérieuse de se jeter dans ses bras.

— Promets-moi une chose, Lily.

Elle eut un rire bref.

— Je ne peux rien te promettre tant que j'ignore de quoi il s'agit.

Ciro sourit en retour. N'aurait-il pas répliqué la même chose dans des circonstances similaires ? Il adorait son sens de la répartie.

— Tu as toujours mes coordonnées ?

Elle acquiesça, se revoyant glisser la carte de visite dans son sac à main.

— *Bene*. Alors promets-moi de m'appeler au moindre problème et de me laisser t'aider, veux-tu ?

Lily hésita. En cet instant, il symbolisait tout ce qui lui manquait dans la vie : la force, l'assurance et la sécurité. Venant de n'importe qui d'autre, elle aurait accepté cette proposition. Mais elle connaissait la raison qui poussait Ciro à vouloir l'aider : il voulait la mettre dans son lit.

— J'apprécie ton offre, Ciro. Mais je t'ai déjà dit que je ne pouvais pas accepter. Je te remercie encore pour le dîner. Bonne nuit.

Elle s'éloigna, consciente qu'il l'observait au silence qui régnait dans le jardin. Arrivée à l'étage de la maison, elle se dirigea dans sa chambre et ferma la porte derrière elle, soulagée de n'avoir pas attiré l'attention de Suzy. Puis elle ôta sa robe qu'elle laissa choir sur le sol avec une négligence inaccoutumée.

Vêtue de ses seuls sous-vêtements, elle contempla son reflet dans le miroir fixé à la porte de son placard et porta une main au sein qu'avait caressé Ciro, vibrant au souvenir du plaisir qu'elle avait ressenti.

Ce ne fut qu'à cet instant qu'elle entendit sa voiture démarrer dans un bruit sourd et s'éloigner dans la nuit.

6.

Lily se passait le visage à l'eau froide, soulageant ses yeux rougis et bouffis par les larmes, lorsqu'on sonna à la porte. Durant un court instant, elle songea à ne pas ouvrir, mais elle s'avisa que ce devait sûrement être Fiona. Cette dernière était la seule personne à avoir pris des nouvelles depuis son emménagement dans le deux-pièces…

Luttant contre les larmes qu'elle sentait monter, elle alla ouvrir. Continuer à s'isoler, à fuir les gens comme elle le faisait devenait ridicule ! Elle faillit s'évanouir de surprise lorsqu'elle se retrouva devant Ciro. Les cheveux en désordre, les traits tirés, il était vêtu d'un t-shirt et d'un jean noir qui épousait ses hanches minces.

— Toi, dit-elle en soufflant, le cœur battant la chamade.

Elle fut soudain envahie par le souvenir de leur ardent baiser et du délicieux contact de la main de Ciro sur son sein tendu. Cette étreinte passionnée avait réveillé la femme qui sommeillait en elle. Depuis, comme elle avait désiré cet homme ! Et ce désir violent ne l'avait pas quittée.

— C'est bien moi, oui, dit-il en la transperçant de son regard inquisiteur.

— Qui t'a laissé entrer ?

— L'autre serveuse. Danielle, si j'en crois son badge. Que t'est-il arrivé ?

— C'est sans importance.

— Cela ne me semble pas être dénué d'importance. Tu as pleuré, Lily.

— Oui, j'ai pleuré. Et alors, quel mal y a-t-il à cela ?

Ciro se retint de la prendre dans ses bras. Il ressentait le besoin impérieux de la protéger, de sécher ses larmes et de lui dire que tout irait bien désormais.

— Puis-je entrer ?

Elle s'apprêtait à lui répondre que non, il ne pouvait pas entrer, lorsqu'elle prit conscience que sa question n'en était pas vraiment une. Elle n'eut que le temps de s'écarter pour le voir franchir le seuil d'un pas déterminé. La présence de Ciro dans l'appartement rendait les dimensions du deux-pièces encore plus ridicules.

— C'est donc ici que tu vis ? s'enquit-il incrédule.

Même si, au fond, son désappointement reflétait le sien, elle sentit qu'il venait de toucher un point sensible. Elle avait passé trois jours entiers à décorer l'appartement avant la venue de Jonny. Après avoir appliqué deux couches de peinture blanche et fixé le plus de miroirs possible aux murs afin de créer une illusion d'espace, elle avait installé le nouveau canapé-lit. A la suite de quoi, il ne lui était resté de la place que pour quelques plantes grasses et un nombre restreints de photos de famille. Mais aucun de ses efforts ne semblait avoir changé quoi que ce soit. L'appartement paraissait toujours aussi exigu.

Non que Jonny se soit plaint. Elle aurait presque souhaité que ce fût le cas. La compréhension résignée dont il avait fait preuve lui avait paru bien trop mature pour ses seize ans. Elle aurait voulu pouvoir crier, elle aurait voulu pouvoir se dresser contre le destin qui avait déjà privé son frère de l'insouciance de ses jeunes années. Après son départ, elle avait trouvé cette lettre froissée, tombée de son sac à dos. Ce ne fut qu'alors qu'elle s'était mise à pleurer.

— C'est bien ici que je vis, oui, admit-elle.

Par quelque étrange relation, plus elle percevait l'aura

de puissance, de force brute qui irradiait de lui — au point qu'il semblait remplir à lui seul le minuscule salon — plus elle se sentait devenir faible.

— Que viens-tu faire ici ? demanda-t-elle sèchement.

Que venait-il faire ici ? se répéta Ciro. Il n'était pas aisé de répondre à cette question. Que dirait-elle s'il lui avouait qu'il avait attendu son coup de téléphone tout ce temps ? Qu'il n'avait cessé de consulter sa messagerie téléphonique dans l'espoir de recevoir de ses nouvelles ? Il avait pensé qu'elle se serait montrée incapable de résister au désir de goûter de nouveau à son étreinte, qu'elle se serait jetée dans son lit après quelques jours passés à se consumer loin de lui… Mais ce ne fut pas le cas. Il n'eut droit qu'à son incompréhensible silence.

Il avait attendu et attendu encore, jusqu'à ce que l'attente lui soit devenue insupportable. Il s'était alors décidé à lui rendre visite, déterminé à trouver la meilleure façon de coucher avec elle. Mais l'air triste qu'elle affichait, le remplissait à présent d'un sentiment auquel il n'était pas habitué : il avait envie de la protéger, envie de la préserver des revers de la fortune. Qu'est-ce que cela signifiait ?

— Vas-tu accepter de me dire pour quelle raison tu as pleuré ?

Lily baissa les yeux, ravalant les larmes qui lui brûlaient les paupières.

— Ça ne te regarde pas.

— Lily.

Comme elle ne répondait pas il reprit doucement :

— Lily, regarde-moi s'il te plaît.

De mauvaise grâce, elle obtempéra.

— Quoi ?

— Pourquoi as-tu pleuré ? demanda-t-il de nouveau.

Pourquoi ? songea-t-elle. Elle aurait pu lui dresser une longue liste de raisons. Parce qu'elle n'avait pour ainsi dire pas trouvé le sommeil depuis qu'elle vivait à quelques mètres de ce pub bruyant. Parce qu'elle s'était épuisée à déménager seule dans cet horrible appartement auquel on ne pouvait accéder que par un escalier raide aux marches vermoulues. Parce qu'elle avait eu la bêtise de louer un camion énorme qui s'était révélé être un cauchemar à manœuvrer dans les rues du village. Parce que pendant qu'elle s'était évertuée à garer le véhicule, les habitués du pub n'avaient rien trouvé de mieux à faire que de rester dehors à la regarder en se gaussant. Mais toutes ces petites contrariétés n'étaient rien en comparaison de la prise de conscience soudaine que les rêves de Jonny se trouvaient brisés par l'aggravation de leurs difficultés financières.

Elle secoua la tête, terrifiée à l'idée de ne pouvoir retenir plus longtemps ses larmes ou les mots qui menaçaient de franchir ses lèvres serrées. Elle ne voulait pas lui répondre mais la volonté inflexible qu'elle lisait dans son regard laissait penser qu'il ne partirait pas avant d'avoir une réponse.

Elle haussa les épaules.

— C'est juste que ça s'est révélé plus difficile que je ne le pensais… d'emménager ici. Ça a été dur de dire au revoir au Manoir et plus dur encore de savoir quels meubles garder.

Suzy avait déjà récupéré tous les meubles de valeur et ceux qu'elle avait laissés s'étaient avérés bien trop volumineux pour tenir dans ce deux-pièces.

Cependant, elle était parvenue à garder un vieux secrétaire ayant appartenu à sa mère et un tableau représentant une scène navale qu'elle avait toujours vu dans le bureau de son père. Hormis cela, son mobilier se composait d'un vieux fauteuil, d'une table trop grande et du nouveau canapé-lit qui jurait avec le reste et dans lequel son frère tenait à peine avec son mètre quatre-vingt-deux.

— Et mon frère était là ce week-end, poursuivit-elle.

— Jonny ?

Stupéfaite, Lily le dévisagea. Il se souvenait du prénom de son frère…

Le regard bienveillant qu'il posa sur elle la désarma et elle se sentit de nouveau envahie par le sentiment de son impuissance et de sa vulnérabilité. Alors, les larmes longtemps contenues coulèrent.

— Lily ? fit-il le visage crispé par l'inquiétude.

— Non ! protesta-t-elle, essuyant ses larmes d'un revers de la main. Ce n'est pas si grave… Nous finirons par trouver une solution.

— Trouver une solution à quoi ?

— Ça… ça n'a pas d'importance.

— Pour moi, ça en a, dit-il avec gravité.

Posant ses mains sur ses épaules, il la guida doucement vers le canapé et la força à s'asseoir. Puis il se dirigea vers la cuisine.

— Que fais-tu au juste ? s'enquit-elle.

— Je te prépare un thé. N'est-ce pas ce que font toujours les Anglais face à un problème ?

Dans d'autres circonstances, cette remarque, prononcée avec son fort accent napolitain, l'aurait fait rire. Mais elle n'avait jamais eu l'esprit si peu enclin à la gaieté.

Quelques minutes plus tard, Ciro revint avec un plateau chargé qu'il posa sur la table.

— Alors, qu'est-il arrivé à ton frère pour que tu en sois venue à pleurer ainsi ?

Affalée sur le canapé, Lily l'observa servir un thé horriblement délavé et elle se sentit de nouveau submergée par le besoin impérieux de se confier. Peut-être parce qu'elle gardait les choses en elle depuis si longtemps qu'elle menaçait d'exposer…

— Il a été accepté à l'Ecole nationale des Beaux-Arts.

— Eh bien, ça me paraît être une bonne nouvelle, n'est-ce pas ? Ce n'est peut-être pas le domaine qui offre le plus de débouchés, mais s'il est doué…

— Bien sûr qu'il est doué ! se récria-t-elle, impatiente. Mais non, ce n'est pas une bonne nouvelle.

— Pourquoi cela ?

Elle le dévisagea avec lassitude. Ne voyait-il pas de quoi il s'agissait ? Devait-elle s'humilier davantage en lui déclarant syllabe après syllabe qu'ils étaient trop pauvres ? Mais à présent, il était trop tard pour faire marche arrière et elle avait besoin de se confier à quelqu'un.

— Parce qu'il faut beaucoup d'argent pour partir étudier à Londres et nous n'en avons pas.

— Vous n'avez pas d'argent de côté ? Pas de plan d'épargne ? Pas d'actions ? Ce genre de chose ?

— Crois-tu que je n'en aurais pas déjà fait usage si ça avait été le cas ? Quand je t'ai dit que ma belle-mère avait hérité de tous nos biens, je n'exagérais pas.

Il y eut un moment de silence durant lequel Ciro s'en voulut de son manque de perspicacité. Pourquoi diable n'avait-il pas compris ce qu'elle s'efforçait de lui dire depuis tout à l'heure ? Peut-être avait-il été distrait par la rondeur généreuse de sa poitrine secouée de sanglots ou par cette mèche de cheveux qui retombait si sensuellement sur sa joue mouillée de larmes. Ou peut-être ne s'était-il jamais vraiment soucié des autres… Certes, s'il ne s'était pas porté acquéreur du Manoir, un autre l'aurait acheté à sa place. Mais à présent il comprenait que Lily devait le juger en partie responsable des rêves brisés de Jonny.

Que pouvait-il faire pour les aider ? Jusqu'à présent, elle avait obstinément refusé son soutien. Il n'avait jamais connu femme plus entêtée et plus fière. Il ne faisait aucun doute qu'elle préférerait s'épuiser au travail plutôt que d'accepter qu'il lui prête main-forte. Il se surprit à la comparer aux femmes qu'il avait connues et en particulier à Eugenia dont l'appétit pour les choses matérielles ne connaissait pas de limites. Avec ses yeux larmoyants, Lily Scott lui paraissait l'antithèse parfaite de ses anciennes conquêtes.

Dans sa robe aux motifs fleuris, elle lui semblait si jeune et si vulnérable.

Ciro s'approcha du canapé et s'assit à ses côtés.

— Viens par ici, dit-il en passant un bras autour de ses épaules.

— Non, je t'en prie, murmura-t-elle sans conviction, cédant déjà à la chaleur envoûtante qui émanait de lui.

Elle se réjouissait d'être de nouveau pressée contre ce corps puissant. Seulement cette fois, ce n'était pas de sexe qu'il s'agissait. Mais de sécurité et de réconfort. Elle avait le sentiment que rien ne pouvait l'atteindre dans les bras de Ciro. Elle se sentait protégée et ce sentiment l'enivrait dangereusement. Elle voulait enfouir sa tête contre son torse musclé comme un animal blessé trouvant un abri sûr. Mais elle parvint à résister à cette impulsion soudaine.

— Pourquoi n'as-tu pas demandé mon aide, Lily ? Je t'avais pourtant dit qu'il te suffisait d'appeler.

Elle secoua la tête.

— Tu sais pourquoi.

Il la serra contre lui, retenant son souffle dans la crainte qu'elle le repousse, et il prit soudain conscience qu'il connaissait la raison de sa réticence à faire appel à lui. Elle pensait qu'il attendrait quelque chose en retour ; qu'en échange, il voudrait qu'elle couche avec lui. Il ferma les yeux. Etait-ce vrai ? Avait-il proposé son aide par pure générosité ou parce qu'il souhaitait qu'elle se soumette à son désir ?

Un flot de colère monta en lui, de colère contre lui-même. Après avoir passé des années à côtoyer des femmes qui n'en avaient qu'après son compte en banque, il en avait finalement trouvé une différente. Une femme qui travaillait dur pour mériter son salaire. Une femme qui mettait les besoins de son frère avant les siens. Une femme qui n'avait pas sauté dans son lit à la première occasion. Une femme qui n'avait pas cherché à le joindre par intérêt.

Elle s'était comportée comme une dame dès le début. Lui avait eu la finesse d'un soldat lubrique resté trop longtemps au front…

Il se souvint de la première fois qu'il l'avait vue, essoufflée et le visage rougi par l'effort. Il avait eu un coup de foudre immédiat. Soudain, il se surprit à l'imaginer tenant un bébé dans ses bras, son bébé. Oui… elle pourrait être une mère parfaite. Elle incarnait un monde de vertu et d'innocence, un monde qui le séduisait, un monde qui pouvait être le sien. Elle pouvait être sienne !

Alors, mu par cette soudaine certitude, il lui releva le menton pour qu'elle le regarde dans les yeux.

— Je n'ai pas d'autre choix que de t'épouser, déclara-t-il.

Interdite, Lily se demanda si elle avait bien entendu. Mais l'expression solennelle qu'elle lut dans ses yeux ne lui laissa aucun doute.

— Tu as perdu la raison ? souffla-t-elle.

— Peut-être bien. Je n'ai pas l'impression d'avoir eu toute ma tête ces derniers temps. Mais c'est certainement inévitable lorsque l'on rencontre une femme qui ne ressemble à aucune de celles que l'on a connues.

— De quoi parles-tu, Ciro ?

— Je parle d'une solution à tous tes problèmes. Je crois que tu vas devoir m'épouser, Lily, plaida-t-il en effleurant du bout des doigts les lèvres tremblantes de la jeune femme. Laisse-moi prendre soin de toi… et de ton frère. Il serait injuste qu'il doive renoncer à son école d'art. En devenant mon beau-frère, il n'aura plus de soucis à se faire et pourra suivre sa scolarité à Londres.

Abasourdie, Lily refusait d'y croire, luttant contre cette idée dans un réflexe défensif. Mais cette proposition s'avérait trop tentante et pas seulement parce qu'elle pouvait changer le futur de Jonny en lui épargnant les incertitudes de la précarité. Non, la raison en était plus profonde. Cet homme ne se contenterait pas de transformer sa situation financière, il bouleverserait aussi sa vie sentimentale.

— Dis-moi que tu plaisantes, dit-elle sur un ton qu'elle voulut léger. Ou alors, tu as bu.

Il rit doucement.

— Ni l'un ni l'autre. Ma proposition est des plus sérieuses. Et tu sais pourquoi ? Parce que tu me fascines, Lily. Tu me fascines comme aucune autre femme avant toi. J'admire ta retenue et ta fierté. Et paradoxalement, j'ai apprécié que tu aies refusé de coucher avec moi l'autre soir.

— C'est quelque chose d'inédit pour toi ?

— Oui, admit-il. Aucune femme ne m'a jamais opposé de refus. Tu es la seule. Tu restes fidèle à des valeurs qui m'ont touché et qui ont réveillé quelque chose de fondamental en moi. Je suis certain de ne jamais plus rencontrer une femme comme toi ailleurs. C'est la raison pour laquelle je veux que tu m'épouses, Lily. Sois ma femme et je t'apporterai tout ce dont tu as besoin.

— Tu ne sais pas ce dont j'ai besoin, protesta-t-elle faiblement.

— Oh ! Mais si, *dolcezza* ! Tu as besoin d'un homme qui prenne soin de toi. Un homme qui puisse subvenir à tes besoins et permettre à ton frère de développer son potentiel. Tandis que toi…

Prenant son visage dans ses mains, il plongea son regard dans ses magnifiques yeux bleus.

— Tu peux m'apporter tout ce que je désire.

L'éclat brûlant de ses yeux la fit frissonner.

— Et qu'est-ce que tu désires ?

— Je veux une femme qui se comporte comme telle. Une femme soucieuse de créer un foyer, d'y insuffler son amour et de m'apporter son réconfort à la fin de la journée. Pas une femme obsédée par sa carrière ou son esprit d'indépendance qui partirait tous les matins au travail et rentrerait le soir harassée. Je veux une femme qui prenne soin d'elle-même, une femme épanouie dans son corps de femme. Je te veux, Lily. Je te veux depuis le premier jour. Je me souviens m'être dit en t'apercevant que je faisais un rêve et que j'allais bientôt me réveiller. Mais chaque pas que je faisais dans ta direction me confortait dans l'idée que j'étais bien réveillé, que tu étais bien réelle. Alors tu m'as regardé et j'ai ressenti *un colpo di fulmine*. J'en avais déjà entendu parler mais je n'y ai réellement cru qu'en cet instant.

— Qu'est-ce que c'est ?

— Littéralement, cela signifie un coup de foudre. Il m'a atteint là, dit-il en posant une de ses fines mains sur son torse. En plein cœur.

Lily pouvait sentir les battements puissants de son cœur sous sa paume. Elle voulait le croire de toutes ses forces mais en même temps elle était effrayée. Cependant, ne l'avait-elle pas ressentie elle aussi cette décharge qui l'avait parcourue lorsqu'elle avait croisé son regard ténébreux ? Dès cet instant, ne lui avait-il pas semblé incarner tout ce qu'elle avait toujours voulu trouver chez un homme ? Seule la peur de se laisser submerger par les émotions qu'il faisait naître en elle l'avait conduite à le repousser.

Elle ne connaissait que trop leur force. Les émotions vous rendent vulnérable et peuvent vous fendre le cœur. Elle se souvenait du sentiment d'abandon qui l'avait dévastée lorsque son fiancé était parti. Elle s'était alors jurée de ne plus se laisser porter par ses sentiments… A quoi ressemblait la proposition de Ciro si ce n'était à un caprice ? Comment pouvait-il la demander en mariage alors qu'ils se connaissaient à peine ? En réalité, il n'était animé que par son désir et son goût pour la domination. Il voulait la mettre dans son lit, quel qu'en fût le prix à payer !

Luttant contre elle-même, elle se libéra de son étreinte et soutint son regard interrogateur.

— C'est une proposition incroyable, articula-t-elle doucement. Mais je la trouve insensée. Je ne peux pas… je ne peux pas t'épouser, Ciro. Et quand tu en auras toi aussi pris conscience, tu me remercieras.

7.

Stupéfait, Ciro demeura silencieux. Pour la première fois de son existence, la situation lui échappait complètement. Une femme se montrait assez forte pour lui résister. Et cela commençait à le rendre fou.

Il pensa à Eugenia. La belle, l'aristocratique Eugenia. La femme avec laquelle tout le monde était convaincu à l'époque qu'il allait se marier. Lui aussi l'avait cru jusqu'au moment où il s'était aperçu que chez elle la cupidité étouffait toute valeur morale. Il se souvenait encore clairement de l'épisode qui avait sonné le glas de leur relation. Durant une soirée chez des amis, Eugenia avait remarqué qu'une jeune femme le draguait. Mais au lieu de se montrer indignée, elle avait laissé entendre qu'elle était prête à fermer les yeux sur d'éventuelles relations extraconjugales en échange de quelques luxueuses babioles.

La vision qu'elle avait esquissée de leur future vie commune lui avait rappelé les mœurs libertines de sa mère et les tromperies dont il avait été le témoin malheureux dans son enfance. Il avait mis un terme à leur relation le soir même, comprenant qu'il attendait de celle qui deviendrait son épouse une certaine moralité et un attachement aux valeurs traditionnelles de la famille. L'homme cynique qu'il était n'avait pas cru pouvoir un jour rencontrer une telle femme. Mais il avait fini par la trouver. Lily Scott incarnait la femme de ses rêves. Et elle venait de refuser sa demande en mariage…

Il se détermina à la convaincre de changer d'avis, d'accepter de l'épouser. C'était un exercice auquel il n'était pas habitué mais il avait toujours aimé relever les défis.

Il lui fit parvenir un somptueux bouquet de roses blanches. Le mot qui l'accompagnait disait simplement : « Si je promets de bien me tenir, acceptes-tu de dîner avec moi ? »

Lorsqu'elle lui dit le soir même que son petit mot l'avait fait rire, il comprit au ton de sa voix que sa semaine n'avait pas été entièrement rose. Durant le repas, il apprit que son frère était sur le point de refuser son admission à l'Ecole des Beaux-Arts. Tandis qu'elle se confiait, il lut sur son visage la douleur qu'elle s'efforçait de contenir et il se sentit gagné par un sentiment intolérable d'impuissance. Aider son frère s'avérait si facile pour lui… mais encore fallait-il qu'elle soit prête à accepter son aide.

Elle lui dépeignit sa vie au Manoir depuis le décès de son père et il prit conscience des préjudices que lui avait fait subir la cupidité de sa belle-mère. Elle se livra assez pour lui avouer que cette dernière s'était approprié des biens de son père qui auraient dû revenir à Jonny. Et sa voix se mit à trembler lorsqu'elle parla du magnifique collier de perles que les femmes de sa famille se transmettaient depuis des générations, un bijou d'une valeur sentimentale inestimable qu'elle n'avait pourtant pas réussi à retrouver.

— Attends une minute, Lily, la coupa-t-il doucement. Tu es en train de me dire que ta belle-mère t'a volé ce collier ?

Lily secoua vivement la tête.

— Non, je suis sûre qu'elle ne pensait pas à mal. Elle l'a simplement emporté à Londres et…

— Crois-tu vraiment que tu le reverras un jour ?

Elle se mordit la lèvre.

— Eh bien, non, admit-elle.

— Par conséquent c'est du vol, conclut-il en sentant une rage froide l'envahir.

Il passa les deux jours qui suivirent à Londres. A son retour, il lui téléphona pour l'inviter à un concert qui devait avoir lieu dans les jardins d'une abbaye et fut surpris de l'entendre accepter d'une voix enjouée. Peut-être lui avait-il finalement manqué ?

C'était l'une de ces merveilleuses nuits d'été avec la pleine lune pour décor. En remontant les allées qui menaient aux jardins de l'abbaye, ils pouvaient déjà entendre les accents mélancoliques du violon leur parvenir à travers l'air chaud de cette lumineuse soirée.

Ils écoutèrent le concert assis sur la pelouse en sirotant du champagne. Au moment de l'entracte, il sortit un long écrin de cuir du panier à pique-nique et le lui tendit.

— Qu'est-ce que c'est ? demanda-t-elle.

— Si je te le révélais, je gâcherais la surprise. Vas-y, ouvre-le.

Rendue nerveuse par le ton étrange de sa voix, Lily batailla quelque peu avec le fermoir avant de réussir à soulever le couvercle. Abasourdie, elle contempla le contenu de l'écrin avec incrédulité. Sur le satin blanc qui en tapissait l'intérieur reposait le collier de perles de sa mère. Soudain, ses mains se mirent à trembler tant que l'écrin lui échappa. Alors, ramassant le collier avec précaution, Ciro le lui passa autour du cou.

— Oh ! Ciro, murmura-t-elle en caressant les perles du bout des doigts.

Elle revit sa mère portant le collier, si belle et si élégante avant que la maladie, cruelle, ne la fauche. Les yeux remplis de larmes, elle croisa le regard compatissant de Ciro. Il lui fallut un moment pour se ressaisir.

— Où l'as-tu trouvé ?

— A ton avis ?

— Suzy te l'aurait rendu ?

Ciro se retint de lui avouer qu'il l'avait acheté une somme bien supérieure à sa valeur marchande. Suzy Scott n'avait pas hésité à lui en demander un prix exorbitant quand elle eut compris l'intérêt qu'il y portait. Il avait aussitôt signé un chèque du montant exigé, refusant de s'abaisser à négocier avec une personne aussi répugnante.

— Oui, elle me l'a rendu. Et je le remets à sa légitime propriétaire.

— Oh ! Ciro, murmura-t-elle d'une voix étranglée par l'émotion. Comme c'est généreux de ta part !

— Je sais quel manque de délicatesse il y a à profiter d'un tel moment, mais je peux aussi parfois faire preuve d'incorrection.

Il prit la main de Lily pour déposer un baiser sur le bout de ses doigts.

— C'est la raison pour laquelle, je te demande de nouveau de m'épouser.

— Ciro…

— Je pourrais te donner un millier de raisons valables pour que tu acceptes, à commencer par le fait que j'ai les moyens d'aider ton frère à réaliser son rêve.

— Ne trouves-tu pas cet argument un peu malhonnête, lui aussi ? observa-t-elle, en sentant un frisson la parcourir au contact brûlant de la langue de Ciro sur son doigt.

— Comme je te l'ai dit, il y a beaucoup d'autres raisons, ajouta-t-il en voyant ses yeux s'assombrir de désir. La première étant certainement cette envie furieuse de t'embrasser.

Elle rassembla tout son courage pour lui confier ses sentiments.

— Je crois que cette raison figure également en haut de ma liste.

Alors, écartant doucement sa main, il se pencha et

prit sa bouche. Il la serra contre lui et la sentit frissonner au contact de son corps. Enfouissant ses doigts dans ses cheveux, il l'embrassa comme il n'avait jamais embrassé une femme auparavant. C'était un baiser profond, intense et passionné. Quand elle passa les bras autour de sa nuque, elle laissa échapper un râle de plaisir qui le mit au comble de l'excitation. Emporté par son désir, il l'embrassa à perdre haleine et n'arrêta que lorsque l'air lui manqua au point qu'il fut saisi d'un léger vertige. Il s'écarta alors lentement d'elle pour la regarder.

— Mais avant toute chose, je souhaite que tu deviennes ma femme, reprit-il d'une voix enrouée.

A cet instant, Lily sut qu'elle n'avait plus aucune excuse pour ne pas accepter. Qu'elle serait folle de le repousser une nouvelle fois même si sa raison lui criait de le faire. Elle pouvait percevoir la douceur des perles contre sa gorge et sentit son cœur se gonfler de gratitude pour ce qu'il avait fait. Un homme comme lui serait si facile à aimer !

— Et moi, je te veux pour époux, finit-elle par dire d'une voix troublée par l'émotion.

8.

— J'ai peur, souffla Lily.

Détachant ses yeux de son propre reflet, elle les porta sur l'image de Danielle que lui renvoyait le miroir.

— Je sais que c'est idiot, mais j'ai peur.

— Qu'est-ce qui t'effraie ? demanda Danielle patiemment.

Les yeux de nouveau rivés sur son reflet, Lily toucha distraitement le voile de tulle qui cascadait sur ses épaules. N'était-ce pas insensé d'admettre qu'elle se sentait perdue, ici à Il Baia, cet hôtel napolitain appartenant à Ciro, alors que Danielle et elle y séjournaient depuis plusieurs jours maintenant ? Quels mots suffiraient à expliquer que pour une jeune femme n'ayant jamais quitté le village de Chadwick Green, l'immersion dans cette surprenante et magnifique ville de Naples constituait un véritable choc culturel ? C'était comme si ces notions abstraites qui définissaient Ciro — sa fortune, sa puissante influence — devenaient soudain tangibles et pénétraient dans sa vie. Trouverait-elle la force de s'y adapter ? Dans le feu du moment, accepter sa proposition de mariage lui avait paru aller de soi. Mais ici, dans ce cadre somptueux qui constituait l'univers familier de Ciro, elle se demandait si elle se révélerait à la hauteur de ses attentes.

Elle haussa les épaules dans un bruissement de soie.

— Je ne m'imagine pas vivre à Naples.

Danielle réajusta la couronne de roses blanches qui maintenait le voile de Lily sur ses cheveux relevés.

— Oh ! Lily, dit-elle avec le même enjouement dont elle avait fait preuve toute la journée. Après quelques jours seulement tes angoisses disparaîtront. Laisse-toi une chance. Il est normal qu'une jeune femme soit un peu nerveuse le jour de son propre mariage.

N'était-ce que cela ? se demanda Lily en considérant son reflet dans le miroir, où les perles de sa mère joignaient leur doux éclat au chatoiement discret de sa robe. Elle pouvait sentir son cœur battre à un rythme étrange. Toutes les femmes se trouvaient-elles dans cet état d'anxiété le jour de leur mariage ? Avec cette impression de se tenir sur un plongeoir très haut, tout en ignorant la profondeur de l'eau à leurs pieds ? Certainement pas. En outre, la plupart des fiancées connaissent déjà intimement leur futur mari.

Elle avait pensé qu'une fois qu'elle aurait accepté de l'épouser, il aurait désiré consommer leur amour. Mais à présent, il souhaitait attendre leur nuit de noces. Il lui avait dit qu'il avait apprécié qu'elle se refuse à lui. Qu'à ses yeux, cela l'avait rendue différente des autres femmes qu'il avait connues. Qu'il considérait cette attente comme un défi. Qu'il sentait ainsi son désir pour elle s'accroître de jour en jour.

Cette longue période d'attente prenait fin aujourd'hui et bientôt, ce soir, ils feraient l'amour. Elle espérait que son appréhension disparaîtrait d'ici là. Pourtant, elle avait le sentiment que cela ne serait pas le cas, que quelque chose ne tournait pas rond. Etait-ce parce qu'elle n'avait pas encore eu le courage de lui parler de sa relation avec Tom, même si ce dernier ne comptait plus pour elle ? Ne souhaitant pas jeter une ombre sur les jours heureux qui précédaient leur mariage, elle n'avait eu de cesse de repousser cette confession douloureuse. Et il s'avérait trop tard désormais. Le mariage devait être célébré aujourd'hui et la tradition voulait que les futurs mariés ne se voient pas avant d'être présentés devant l'autel. Quelle solution lui restait-il ? Lui écrire pour lui avouer qu'elle avait été fiancée à un autre homme dans le passé ?

— Je ne sais pas si j'aurai la force d'aller jusqu'au bout de ce mariage, Dani, confia-t-elle d'une voix rauque.

— N'aie crainte, tu y arriveras, répondit cette dernière en lissant sa robe rose tendre de demoiselle d'honneur du plat de la main. Parce que la plupart des femmes se tueraient pour se marier avec le genre d'homme qui t'attend dans une église à quelques minutes à peine d'ici. Essaie de te représenter les choses ainsi. Tu te trouves à Naples, une ville superbe, où tu résides dans un hôtel cinq étoiles qui surplombe la baie. Et cet hôtel appartient à l'homme que tu es sur le point d'épouser — un homme qui s'avère être l'une des figures les plus illustres de ce pays. Il est tout à fait normal qu'une jeune femme ressente de l'appréhension le jour de son mariage, a fortiori dans la situation qui est la tienne.

— Tu penses ce que tu dis ?

— Bien sûr ! Tu es dans un pays étranger. Il te faudra un peu plus de temps avant que tu ne te sentes à ton aise ici. Ne sois pas trop impatiente.

— Je crois que sa mère ne m'apprécie pas.

— Pour quelle raison ?

Lily se souvint de l'attitude de Leonora d'Angelo durant leur présentation. Son air glacial lorsqu'elle avait tendu ses joues avant de la toiser d'un regard méprisant. Elle s'était sentie si insignifiante, si empotée face à cette femme élégante et soignée qui avait pris place avec majesté sur un énorme fauteuil.

Et n'avait-elle pas perçu un manque évident d'affection entre la mère et son fils ? A aucun moment Ciro n'avait semblé animé par autre chose qu'un austère devoir filial. Et sans qu'elle puisse s'expliquer pourquoi, cela l'avait alarmée.

— J'ai l'impression que je ne lui plais pas.

— Ah, si ce n'est que ça ! commenta Danielle avec un large sourire. Aucune mère ne trouvera jamais que sa future belle-fille convient à son fils ! Elles en sont terriblement jalouses jusqu'à ce qu'arrive enfin le petit-fils qui remplacera celui qu'elles croient avoir perdu. Que t'a-t-elle dit ?

Lily fixa la bague de fiançailles à son doigt, une bague sertie de diamants et de saphirs. Elle ne pouvait pas attribuer l'atmosphère pesante qui avait régné entre elles à la barrière de la langue puisque la mère de Ciro s'exprimait dans un anglais parfait. Non, elle s'était juste sentie mal à l'aise comme si le regard désapprobateur de Leonora lui avait fait comprendre que ses formes trop généreuses, ses manières simples et sa pâleur de villageoise anglaise ne s'accordaient pas au monde raffiné et précieux des d'Angelo.

Mais en vérité, l'attitude de Leonora n'était pas sa seule source de préoccupations. Guiseppe, le témoin de Ciro — un cousin qu'il considérait comme son frère — semblait lui aussi nourrir des réserves à son égard. Hier soir, durant le dîner, il n'avait pas cessé de la dévisager, fixant sur elle ses incroyables yeux bleus comme s'il avait cherché à la sonder. A moins que ce ne fût que le produit de son imagination…

La voix de Danielle l'arracha à ses pensées.

— Donc, tu me demandes d'aller voir Ciro et de lui parler ? Tu veux, qu'au milieu des deux cents invités qui se réunissent dans l'église au moment même où nous parlons, je lui explique que tu ne souhaites plus l'épouser ?

L'espace d'un instant, Lily se représenta la scène, imaginant les invités partagés entre l'indignation et la gêne, chacun se retournant vers ses voisins pour lire avec effroi la même question muette dans tous les regards. Alors, elle se mit à rire. Que désirait-elle vraiment ? Ce mariage n'était-il pas ce qu'elle avait souhaité sans se l'avouer depuis leur première rencontre ? Avoir quelqu'un à aimer, n'était-ce pas ce qu'elle avait toujours appelé de ses vœux ? Quelqu'un qui semblait avide de tout l'amour qu'elle avait à donner ? Quelqu'un comme Ciro d'Angelo, un homme dont elle avait découvert qu'il souffrait d'une profonde solitude ? Un homme qui possédait tout hormis ce qu'on ne pouvait acheter avec de l'argent ?

— Non, je n'ai pas changé d'avis, Dani. Tu as raison. Ces craintes ridicules me font oublier la chance que j'ai.

Sur ces mots, elle se leva.

— Alors ne perdons plus de temps et allons-y ! Parce que je ne suis pas sûre qu'en Italie, il soit de bon ton d'arriver en retard le jour de son mariage. De plus, j'ai un frère déjà très angoissé à l'idée de me conduire jusqu'à l'autel qui attend dans la chambre d'à côté.

Durant le trajet en voiture, Lily fut bien trop nerveuse et bien trop excitée pour prêter attention aux rues animées qu'ils traversaient ou aux commentaires exaltés de Danielle et Jonny. Lorsqu'elle franchit enfin les portes de l'église, une soudaine clameur s'éleva. Puis les premières notes de l'orgue lui parvinrent en même temps que le parfum entêtant des fleurs qui embaumait la nef. Pendant un instant, elle ne put plus bouger, écrasée par la solennité du moment. Puis elle se rassura en se disant que cette réaction aussi était normale. Car ce jour était important pour elle, l'un des jours les plus importants de sa vie. Ajustant son voile, elle enroula son bras autour de celui de son frère et commença à remonter l'allée centrale jusqu'à l'autel, consciente d'être le point de mire de toutes ces personnes qui lui étaient étrangères. Mais elle n'avait d'yeux que pour une personne. Une personne qui dominait toutes les autres comme elle dominait sa vie depuis cet après-midi d'été.

Vêtu d'un smoking noir qui accentuait son charme ténébreux, Ciro était incroyablement beau. Et soudain il lui parut inaccessible. C'était comme si l'élégance raffinée qu'il manifestait créait une plus grande distance entre eux et faisait de lui quelqu'un de différent… quelqu'un qu'elle ne connaissait pas réellement. Ici, parmi toutes ces personnes belles et distinguées, il était chez lui, dans son univers. Tandis qu'elle, elle n'était que la petite Anglaise pâlotte qui ne connaissait personne. L'espace d'une seconde, son cœur cessa de battre et elle eut le sentiment que se marier serait au-dessus de ses forces. Prise de vertige, elle s'appuya sur le bras de Jonny et perçut le coup d'œil inquiet qu'il lui lança.

Mais lorsque Ciro tourna lentement la tête dans sa direction et qu'elle croisa ses yeux ardents, elle sentit son cœur battre violemment dans sa poitrine.

C'est Ciro, pensa-t-elle et une vague de soulagement mêlée de plaisir déferla sur elle tandis qu'elle arrivait enfin à son côté. A côté de l'homme qu'elle avait appris à connaître et à respecter, de l'homme qui lui avait restitué les perles de sa mère et avait insisté pour offrir à Jonny les moyens de développer son talent artistique, de l'homme qui l'avait entourée de mille délicates attentions pour faire de ce mariage un moment unique dans sa vie. Son cher Ciro !

— Tout va bien ? lui murmura-t-il.

Elle acquiesça, souriante, glissant sa main dans la sienne.

La cérémonie fut conduite dans les deux langues et Lily fit de son mieux pour prononcer ses vœux sans buter sur les mots en dépit du tremblement qui s'était emparé d'elle et qu'elle ne put réprimer lorsque Ciro glissa l'alliance à son doigt. Quand le prêtre les eut déclarés mari et femme et que l'assemblée se mit à applaudir, il approcha son visage du sien, un sourire flottant sur ses lèvres sensuelles.

— Tu es magnifique.

— C'est vrai ?

— Tu es plus que belle. Une vraie fleur. Aussi douce, pure et lumineuse que le lys qui donna ton prénom.

— Oh ! Ciro, souffla-t-elle.

Souriant, Ciro contempla son visage bouleversé d'émotions, ses lèvres tremblantes, ses yeux embués de larmes. Mais le baiser qu'il lui donna fut volontairement bref. Ils devaient encore assister au banquet et à la réception de mariage avant de pouvoir célébrer leur union dans l'intimité et il attendait depuis trop longtemps déjà pour ne pas vouloir savourer ce moment dans les meilleures conditions.

— Allons-y, nos invités nous attendent, dit-il.

Lorsque Ciro lui avait proposé d'organiser les festivités qui devaient suivre la cérémonie à l'hôtel Il Baia, Lily s'était étonnée qu'il n'eut pas préféré un lieu sans rapport avec son travail. Un endroit où il aurait pu profiter du répit que lui aurait apporté l'anonymat. Mais il avait secoué la tête.

— Nous pourrons ainsi quitter la réception sans attirer l'attention du personnel, plaida-t-il. Et songe à la mauvaise publicité que cela serait pour l'hôtel si l'on apprenait que son gérant ne daigne pas y célébrer ses noces.

Lily avait fini par se ranger à cet argument et, à présent, loin de se soucier de l'endroit où les réjouissances avaient lieu, elle n'avait qu'une envie : y être. Elle avait mal au visage à force de sourire pour les prises de photos et avait dû serrer pas moins d'un millier de mains en passant la haie d'honneur.

Durant la réception, elle s'efforça de ne pas se sentir accablée par le nombre impressionnant d'amis que Ciro avait réunis quand quelques intimes seulement avaient fait le déplacement depuis Chadwick Green ; pas plus que par les femmes si belles et si vives qui s'exprimaient avec tant de charme, accompagnant chacune de leurs paroles d'un geste gracieux de la main.

Toutefois, la vue de Jonny riant en compagnie des plus jeunes cousins de Ciro la rassura. Danielle devait certainement recevoir des dizaines d'invitations à danser et Fiona Weston déguster avec gourmandise et professionnalisme le fameux *sfogliatella* en tâchant d'en trouver la recette.

Aux alentours de neuf heures, Lily qui n'avait toujours rien avalé et commençait à faiblir, accueillit avec soulagement le bras de Ciro autour de sa taille.

— Je pense que le temps est enfin venu pour nous de consommer ce mariage, murmura-t-il à son oreille. L'idée vous convient-elle, *signora* d'Angelo ?

Elle appuya la tête contre son épaule large, frémissant d'excitation au ton possessif de sa voix et au nouveau statut qui était le sien désormais. Elle était l'épouse de Ciro, se répéta-t-elle en sentant ses craintes et ses doutes se dissiper. Pour la première fois depuis bien longtemps, elle avait quelqu'un sur qui elle pouvait compter. Un homme qui veillerait sur elle, comme elle veillerait sur lui. Un homme dans les mains duquel elle pouvait remettre son amour sans peur et qu'elle chérirait en retour. Son partenaire dans tous les sens du terme.

— Oh ! Oui. Montons, s'il te plaît.

— Alors éclipsons-nous… sans nous faire remarquer.

Ils prirent l'ascenseur vitré pour rejoindre la suite nuptiale située au dernier étage. En pénétrant dans ces appartements, Lily découvrit un grand salon meublé de somptueux canapés et orné d'exquises compositions florales. Au centre, sur une console, une bouteille de champagne reposait dans un seau de glace flanqué de deux coupes en cristal. Une baie vitrée donnait accès à la terrasse où de nombreuses variétés d'arbustes florissant créaient une atmosphère intime. Au-delà s'ouvrait l'immense baie de Naples dominée par l'œil menaçant du Vésuve.

— On ne trouverait pas plus beau point de vue dans

une brochure touristique ! s'exclama-t-elle en admirant la silhouette désolée du volcan.

Mais elle oublia la luxueuse suite et la beauté du spectacle qui s'offrait à elle dès l'instant où Ciro la prit dans ses bras. Doucement, lentement, ses lèvres effleurèrent les siennes. Comme il la tenait tout contre lui, elle perçut, à travers les vêtements qui les séparaient, toute l'urgence de son désir.

— J'ai l'impression d'avoir attendu ce moment toute ma vie, dit-il d'une voix rauque.

— Moi aussi.

Elle enroula les bras autour de son cou.

— Et nous y voilà, ajouta-t-elle.

— Nous y voilà, répéta-t-il. Es-tu nerveuse ?

Lily passa la langue sur ses lèvres sèches. Il était si expérimenté… Se montrerait-elle à la hauteur ? Une fois encore, un sentiment de malaise s'empara d'elle à la pensée qu'elle aurait dû lui dire pour Tom. Mais pourrait-elle se livrer, surtout dans un moment pareil ?

— Un peu, répondit-elle avec sincérité.

— La peur est un sentiment naturel. Mais tu te rendras bientôt compte que tu n'as aucune crainte à avoir, la rassura-t-il en souriant.

Il désigna le seau à glace.

— Veux-tu une coupe de champagne ?

En proie à une inquiétude grandissante, Lily secoua la tête. Elle retira avec précaution la couronne de roses et le voile encore fixés à ses cheveux et les déposa sur le dossier d'une chaise. N'était-ce pas insensé d'être obsédée par cette confession à un moment pareil ? Comme si c'était un obstacle nécessaire à franchir afin d'être autorisée à se détendre et à profiter de leur nuit de noces ?

— Ne pouvons-nous pas simplement aller nous coucher, Ciro ? proposa-t-elle.

La surprise fit très vite place chez lui à un intense

sentiment de satisfaction. Timidité *et* désir… Pouvait-il exister association plus heureuse chez une femme ?

— Oh ! Lily, murmura-t-il. Ma belle et innocente épouse que je désire comme jamais je n'ai désiré auparavant.

Il la souleva dans ses bras vigoureux et, ignorant son petit cri de protestation, l'emmena jusqu'à la chambre où il la déposa délicatement sur le sol.

— Je veux que tu fasses quelque chose pour moi, déclara-t-il en passant une main dans son dos pour tirer sur la fermeture Eclair de sa robe qui glissa à terre.

— Demande-moi tout ce que tu veux, souffla-t-elle.

Elle fit un pas de côté pour enjamber sa robe et se tint devant lui en talons aiguilles, vêtue seulement de son soutien-gorge blanc et du string assorti, de son porte-jarretelles et de ses bas de soie. Malgré la pénombre, elle vit ses yeux noirs s'assombrir.

— Dénoue tes cheveux, intima-t-il dans un murmure.

— Mes cheveux ?

— Te rends-tu compte que je ne les ai jamais vus détachés ? Aucun autre moment ne pouvait mieux s'y prêter que notre première nuit d'amour.

Lily fut frappée par la lueur d'émerveillement qui brillait dans ses yeux. Tout cela semblait nouveau pour lui… Elle prit soudain conscience de ce qui faisait du mariage un acte profond et singulier. C'était la première fois que Ciro allait faire l'amour à son épouse, comme c'était la première fois qu'elle allait s'unir à son époux. Son époux… Ce mot semblait si démodé ! En cet instant, elle avait l'impression d'être elle-même un peu démodée. Mais n'était-ce pas ce que Ciro aimait chez elle ?

Elle porta les mains à ses cheveux et en retira une première épingle, libérant une mèche dorée. Fasciné, le souffle court, Ciro regarda tomber les lourdes boucles à mesure que les autres épingles étaient ôtées.

La gorge sèche, il était sur le point d'exploser. Avec

ses cheveux couleur de blé mûr, elle avait l'air d'une déesse, d'une déesse des champs et des moissons.

— Promets-moi une chose, demanda-t-il.

Elle plongea ses yeux dans les siens et sourit.

— Tu sais que je ne fais pas de promesses avant de savoir si je pourrai les tenir.

— Ah, mais celle-ci est un engagement facile à tenir, *dolcezza mia.* Promets-moi de toujours garder les cheveux longs.

Cette demande la surprit tant qu'elle ne sut d'abord quoi répondre. L'importance qu'il semblait y accorder lui donnait l'impression d'être réduite à cette seule caractéristique de sa personne, à sa longue et exubérante chevelure. Mais l'émerveillement qu'elle pouvait lire dans ses yeux noirs la poussa vite à accepter.

— D'accord, je veux bien te le promettre.

— *Mille grazie*, murmura-t-il en l'attirant à lui.

Prenant son visage en coupe dans ses mains, il l'embrassa jusqu'à ce qu'elle gémisse contre ses lèvres et se raccroche à lui comme prise de vertige. Alors il la souleva et la déposa sur le lit où il lui retira ses chaussures. L'espace d'un instant, il songea à lui laisser ses sous-vêtements si provocants. Face à une autre femme que Lily, il n'aurait pas hésité une seconde. Mais elle n'était pas un simple numéro sur la longue liste de femmes qui avaient été prêtes à tout pour le satisfaire. Il voulait sentir le contact de son corps nu contre le sien. La sentir au plus près de lui, aussi près qu'un homme et une femme peuvent l'être. Parce qu'elle était sa femme. Sa femme…

D'une main passée dans son dos, il dégrafa son soutien-gorge. La vision de ses seins opulents libérés de leur corset de dentelle lui arracha un soupir. Il baissa la tête et, prenant dans la bouche chacun de ses mamelons roses durcis, sentit une onde brûlante le traverser. Puis il glissa une main dans sa culotte jusqu'au cœur de son intimité et, incapable de résister, effleura son clitoris du bout du pouce. Elle poussa un petit cri de plaisir qui le fit sourire.

— Ciro, souffla-t-elle en enfonçant les ongles dans ses épaules.

Le feu qui brûlait en lui redoubla d'ardeur. Alors seulement, il prit conscience qu'il était encore tout habillé.

— Ne bouge pas, intima-t-il en se relevant. Je dois me débarrasser de ces maudits vêtements.

— Je n'ai pas l'intention d'aller où que ce soit.

— Bien, commenta-t-il en déboutonnant sa chemise d'une main tremblante d'excitation.

Le cœur battant la chamade, Lily le regarda jeter sa veste avec négligence sur une chaise toute proche. Cela ne lui ressemblait pas, songea-t-elle. Lui qui même en jean était toujours tiré à quatre épingles…

— Peut-être devrais-tu accrocher tes vêtements ? observa-t-elle quand sa chemise blanche tomba à terre.

Faisant lentement glisser la fermeture à glissière de son pantalon sur la protubérance de son sexe comprimé et douloureux à force de désir, Ciro nota le ton soudain timide de Lily. Il rit doucement en retirant son pantalon et son boxer et la rejoignit dans le lit.

— Si tu crois, commença-t-il en prenant son corps brûlant et docile dans ses bras, que je suis capable d'autre chose que de ça…

Il l'emporta dans un baiser profond et Lily s'abandonna aux sensations exquises qu'il faisait naître en elle. Puis ses lèvres descendirent le long de son cou et elle sentit sa main chaude se refermer sur son sein et en caresser le bourgeon qui se dressait. Elle ouvrit les yeux et s'aperçut qu'il l'observait intensément.

— Oh ! Ciro…

— Qu'y a-t-il, *angelo mio* ? murmura-t-il en faisant descendre sa main libre jusqu'aux boucles blondes de sa toison.

— Oh ! Ciro, je…

Quand il effleura le cœur de sa féminité, Lily gémit, se laissant porter par la jouissance de l'instant. Toutes ses inquiétudes s'évanouirent pour céder place à un sentiment de pur bonheur contenant la promesse d'un futur radieux. Tout cela était dû à Ciro. Lui seul avait su inverser le cours des choses et la tirer de l'impasse sordide où elle s'était vue. Lui seul lui avait tendu la main. Lui seul avait su voir quelque chose en elle, quelque chose de bon. Quelque chose qui lui avait plu au point de vouloir l'épouser. Il l'avait relevée et lui avait apporté ce qui avait toujours manqué dans sa vie : un sentiment de sécurité. Maintenant que la cérémonie de mariage était derrière eux et, avec elle, l'angoisse qui l'avait saisie, elle pouvait profiter du bonheur présent. Elle se sentit submergée par une vague de profonde gratitude à laquelle se mêlait quelque chose qu'elle ne parvenait pas à définir. Quelque chose qui montait en elle et qu'elle ne pouvait pas contenir. Qu'elle chose qu'elle pourrait lui offrir, avec tout son cœur, si elle osait se confier.

— Ciro ?

— Qu'y a-t-il, *dolcezza* ?

— Je… Je t'aime, murmura-t-elle.

Il marqua une pause.

— Bien sûr que tu m'aimes, répondit-il enfin.

Ciro se sentait touché en dépit du nombre incalculable de fois où il avait entendu ces mots auxquels il avait fini par ne plus prêter d'attention. Dans la bouche de Lily, ces paroles prenaient sens. Elle était sa femme et, en tant que telle, elle ne pouvait que l'aimer, tout comme lui l'aimerait toujours de toutes ses forces.

Lily parsemait son cou d'une pluie de baisers brûlants et il prit soudain conscience qu'ils n'avaient pas abordé le sujet de la contraception. Mais désormais, elle était sa femme. Quelle importance si elle tombait enceinte ? Faire des enfants n'était-il pas le but du mariage après tout ? Il s'étendit sur elle, prenant sa bouche dans la sienne et plaqua son érection contre son ventre. Il n'avait jamais été aussi dur ni aussi tendu. Son excitation était si intense, il était si proche du plaisir qu'il en éprouvait de la douleur. Mais pas seulement dans sa chair qui lui semblait au bord de l'explosion. Il ressentait une douleur profonde et inhabituelle dans son cœur lorsqu'il la regardait.

— Je ne veux pas mettre de préservatif, déclara-t-il d'une voix mal assurée. Je veux pouvoir te sentir pleinement. Ne sentir rien d'autre que toi. Pas de barrière, *mio angelo*. Aucune !

— Alors ne le fais pas, répondit-elle tremblante, enroulant ses bras autour de son large dos. Ne mets rien ! Mais je t'en prie… fais-moi l'amour, Ciro, parce que je crois que je ne survivrai pas cinq minutes de plus à une telle torture.

Ciro resta un instant déconcerté. Etait-ce la soudaine urgence que trahissaient ces mots qui le surprenait ou son absence de retenue ? Pourtant, ne devait-il pas se réjouir de la ferveur de sa passion ? Il prit alors un sein tendu dans sa paume et, de l'autre main, guida son sexe dressé dans la chair tendre de sa féminité. Il pouvait sentir le sang battre à ses tempes et il fixa les immenses yeux bleus qu'elle leva sur lui.

— Lily, murmura-t-il en entrant en elle, sentant le fourreau étroit, satiné, de sa chair se refermer autour de lui.

— Ciro, soupira-t-elle en fermant les yeux.

Il perçut les frissons convulsifs qui la parcoururent quand il se mit à bouger lentement en elle. Puis il s'enfonça de plus en plus profondément à chaque poussée, bien plus qu'il ne l'aurait cru possible. Il n'avait jamais connu de sensation aussi délicieuse, comme il n'avait jamais autant désiré une femme.

— Je ne te fais pas mal ?

Tout entière embrasée par le rythme enivrant qu'il imprimait à leur étreinte, elle ouvrit les yeux et croisa son regard. Lui faire mal ? Rien n'aurait pu être plus éloigné de la vérité. Elle n'avait jamais connu plaisir aussi intense que ce moment d'union avec son mari. Elle rit, nouant ses bras autour de son cou et ses jambes autour de sa taille.

— Me faire mal ? répéta-t-elle en se cambrant pour mieux l'accueillir. Mon Dieu, non. C'est… C'est… Oh ! Ciro… C'est merveilleux.

Ce surprenant manque de réserve l'alarma. Mais le mouvement de hanches par lequel elle l'enserra plus étroitement encore dans sa moiteur délicieuse dissipa vite l'ombre qui avait un instant menacé son plaisir. Refoulant l'urgence de son désir, il émit un grondement sourd. La jouissance proche le mettait à la torture. Cependant, il devait tempérer le feu qui le consumait. Les vierges n'avaient-elles pas besoin de plus de temps que les femmes déjà exercées pour atteindre l'orgasme ? Et il était impensable que sa femme n'en connaisse pas un durant leur nuit de noces.

Soudain, il sentit les cuisses de Lily le serrer plus fort et, s'arrachant à leur baiser, elle poussa un long cri en s'arc-boutant contre lui sous les affres du plaisir.

Il attendit que les spasmes qui la secouaient eurent cessé avant de succomber lui aussi à la jouissance. Lorsqu'il éclata, il poussa un cri sauvage, venu du plus profond de lui-même.

L'esprit embrumé de sensualité, il prit peu à peu conscience des caresses enivrantes qu'elle lui prodiguait. Du bout des pieds, elle effleurait sa peau, remontant le long de ses cuisses jusqu'au bas du dos avec une habileté déconcertante. La douce torpeur qui l'avait submergé reflua peu à peu. Il la prit alors par les hanches et la tira à sa hauteur de façon à pouvoir lire dans ses yeux. Il devait se montrer prudent et éviter de la blesser par de fausses accusations. Peut-être après tout faisait-il erreur… Seigneur ! S'il pouvait faire erreur !

— Ça t'a plu ? s'enquit-il doucement.

— Tu le sais bien, murmura-t-elle.

Il y eut un silence.

— Durant un instant, j'ai presque cru que tu avais déjà… une certaine expérience.

Lily tressaillit. Il avait beau l'avoir dit d'un ton détaché, elle avait perçu un léger tremblement dans sa voix en même temps qu'un éclat froid et dur dans son regard. Elle se mordit la lèvre, cherchant quelque chose à dire mais ne trouva rien.

— Est-ce le cas, Lily ? insista-t-il.

— Pas vraiment, déclara-t-elle.

— *Pas vraiment* ?

Incrédule, il la dévisagea. Pendant un instant il songea qu'il avait dû mal comprendre, que le sens des mots avait dû se perdre d'une langue à l'autre dans son esprit. Mais le regard inquiet de Lily lui affirmait le contraire. Il la considéra. Il avait l'impression qu'ainsi dénudée, dépourvue de sa mise convenable qui inspirait la vertu et l'innocence, elle lui apparaissait pour la première fois sous son vrai jour. La peau soyeuse et parfumée qu'il avait sous les yeux était plus belle encore que celle qu'il s'était plu à imaginer sous ses vêtements, tout comme le flot doré de ses cheveux ondoyant sur l'oreiller surpassait l'image qu'il s'était souvent faite de sa chevelure libérée. Mais à présent, ils lui semblaient les symboles de sa naïveté. Il sentit son cœur se serrer et une douleur se répandre dans sa poitrine à l'idée qu'elle lui paraissait désormais vulgaire.

Qu'y avait-il de surprenant à cela ? Qu'est-ce qui l'avait autorisé à croire qu'elle aurait pu être différente des autres ? Il se souvint du petit garçon qu'il avait été, de l'enfant laissé à lui-même dans une maison sans âme, délaissé par une mère trop occupée à satisfaire ses désirs égoïstes. Il se souvint de toutes ces nuits blanches passées à guetter son retour, partagé entre la colère et la peur de la surprendre encore au bras d'un homme. Il se souvint d'Eugenia et de son consentement à peine déguisé à vivre dans l'adultère. Il avait cru avoir enfin trouvé l'innocence chez une femme en rencontrant Lily. Mais tout ce temps, il avait été dupé.

Le cœur battant, il s'obstina à poser la question qui le tourmentait.

— Etais-tu vierge, Lily ? demanda-t-il en rivant ses yeux aux siens avant d'ajouter avec un effort visible : Ou ce rôle de jeune femme prude n'était-il qu'une imposture ?

9.

Lily sentit son cœur se serrer sous le regard accusateur de Ciro. Avait-il conscience de la pression insoutenable que ses mains exerçaient sur ses hanches ? A moins que sa peau ne fut plus sensible que d'habitude sous l'effet de l'orgasme inouï qui venait juste de la bouleverser. Vierge ou non, cela ne devait pas avoir d'importance, songea-t-elle, furieuse. Elle avait été stupide de ne pas lui avoir dit plus tôt ! Stupide, stupide, stupide ! Et comme il était préférable de lui avouer dans ces circonstances, songea-t-elle pleine d'ironie envers elle-même. Dans la plus complète nudité et sous un regard qu'elle n'avait encore jamais surpris chez lui.

— Non, je n'étais pas vierge. Mais…, continua-t-elle s'efforçant de sourire, toi non plus.

— Ah, mais je n'ai jamais prétendu le contraire, contrairement à toi !

Il l'écarta de lui, la plaçant contre la pile d'oreillers au bout du lit, et se leva comme pour mettre le plus de distance possible entre eux.

— Je n'ai jamais laissé entendre une telle chose ! protesta-t-elle.

— Vraiment ?

Il lui jeta un regard glacial et ramassa son boxer.

— Pourtant, à aucun moment tu n'as pris la peine de me corriger lorsque j'y faisais allusion, n'est-ce pas ? Jamais tu ne m'as avoué avoir connu d'autres hommes avant moi. Des hommes avec lesquels tu aurais eu des relations intimes. Tu as passé ce sujet sous silence, admets-le.

Ces mots lui firent l'effet d'une gifle. Il disait la vérité. Elle avait tu ce sujet pour plusieurs raisons. Ne lui avait-il pas confié qu'il la respectait parce qu'elle avait eu la force de le repousser ? Que jamais avant elle une femme n'avait refusé de coucher avec lui ? Elle s'était laissé prendre au jeu, heureuse de l'image qu'il lui renvoyait. Pour la première fois de sa vie, elle s'était sentie aimée. Et ce sentiment nouveau avait comme effacé Tom de sa mémoire. Ne pouvait-il le comprendre ?

— Je sais que j'aurais dû te le dire, admit-elle. Mais nous vivions de si beaux moments que je n'ai pas voulu prendre le risque de les gâcher.

— Alors tu t'es dit que tu attendrais de te comporter comme une traînée dans notre lit de noces pour me jeter cette vérité à la figure ? Permets-moi de ne pas te féliciter pour ton sens du timing.

A ces mots, Ciro la vit tressaillir. Mais il s'en fichait. Il aurait bien voulu qu'elle souffre autant que lui en ce moment.

— Avec combien d'hommes as-tu couché, Lily ? demanda-t-il en levant la main qui portait son alliance. Moins que les doigts d'une seule main, ou est-ce une estimation trop frileuse ? Peut-être cinquante, alors ? J'ignorais que tu étais une mangeuse d'hommes !

— Il n'y en a pas eu plusieurs ! s'écria-t-elle en tremblant. Je n'ai connu qu'un homme avant toi !

— Et je devrais m'estimer heureux ?

Bouleversée, elle le regarda enfiler son boxer. Elle devait trouver un argument rationnel qui calmerait sa fierté blessée.

— Il me semble que toi non plus, tu n'as pas parlé des relations que tu avais eues avant moi.

— Pas explicitement, non… mais en aucun cas je n'ai

travesti la vérité pour me faire passer pour quelqu'un que je ne suis pas.

Elle prit une profonde inspiration, consciente de devoir prendre le problème par la racine.

— La virginité que tu me prêtais était donc si importante à tes yeux, Ciro ? demanda-t-elle calmement.

Leurs regards se croisèrent, et Ciro hésita une fraction de seconde avant de déclarer froidement :

— Tu sais bien qu'elle l'était.

Désabusé, il la regarda tirer les draps sur elle. Finalement, elle n'était pas différente des autres femmes qu'il avait connues, prêtes à toutes les bassesses pour mettre la main sur un homme riche.

Au moins, Eugenia s'était montrée franche en exposant clairement sa véritable motivation : sa fortune. Elle n'avait pas joué les jeunes femmes innocentes à qui l'on aurait donné le bon Dieu sans confession.

— Ciro, reviens dans le lit, pria-t-elle.

Il eut un sourire douloureux.

— Comme j'ai été stupide ! lâcha-t-il. Stupide de m'être laissé séduire par tes courbes sensuelles et tes talents domestiques ; par ta supposée virginité.

Il attrapa sa chemise qui gisait sur le sol et en couvrit ses larges épaules.

— Stupide d'être tombé sous le charme de la première femme à m'avoir repoussé. La femme de mes rêves… Du moins, c'était ce que je croyais.

Sous le choc, Lily vacilla un instant.

— J'aurais dû te le dire, reconnut-elle en tendant les mains vers lui dans un geste de supplication. Mais je n'en ai pas eu le courage et tu ne m'as jamais vraiment interrogée à ce propos. Tom n'était pas…

— Tom ? coupa-t-il.

— C'était le prénom de mon fiancé.

— Tu devais te marier ?

— Oui, admit-elle. Mais il a annulé notre mariage après avoir rencontré quelqu'un d'autre.

— Quand avez-vous rompu ?

— Deux jours avant la cérémonie.

Ciro éprouva un élan de compassion pour elle. Une partie de lui-même se demandait à quel point cette déception avait pu influencer l'attitude de Lily et l'inciter à taire son passé. Mais sa blessure était trop profonde pour qu'il pût lui pardonner. Il avait vécu dans la suspicion à l'égard des femmes et Lily Scott venait de renforcer la piètre opinion qu'il avait d'elles.

— T'a-t-il donné du plaisir, Lily ? demanda-t-il en s'approchant de lit, une fois habillé.

Lily leva les yeux vers lui, partagée entre la peur et l'excitation que lui inspirait sa présence. Elle ne souhaitait qu'une chose : qu'il retire son pantalon et la rejoigne dans le lit et…

— T'en a-t-il donné ? T'a-t-il fait jouir lorsqu'il t'a fait l'amour ?

Elle tressaillit, arrachée à ses pensées inopportunes et troublantes. Elle savait que cette question déplacée exigeait une réponse franche et qu'il ne devait plus y avoir entre eux qu'une absolue sincérité s'ils voulaient avoir encore une chance de sauver leur relation. Mais elle savait aussi qu'elle ne pouvait y répondre sans perdre toute dignité. En outre, elle ne pouvait lui apporter la réponse qu'il désirait entendre.

— Tu n'as pas le droit de me poser cette question, répondit-elle avec calme.

Partagé entre le dégoût qu'il s'inspirait et la jalousie qui lui mordait le ventre, il détourna la tête. Son refus de répondre était une réponse en soi. Mais pas celle qu'il aurait souhaité entendre. Il aurait voulu qu'elle lui crie qu'elle n'avait jamais éprouvé une telle jouissance avant lui. Qu'aucun autre homme ne l'avait fait hurler de plaisir. Mais il devait reconnaître que ce n'était pas le cas. Ce

Tom, l'homme qui l'avait abandonnée, y était parvenu et avait pris sa virginité ; celle qui aurait dû lui revenir.

— J'aurais dû écouter Guiseppe, marmonna-t-il amèrement.

Les yeux de Lily s'étrécirent à l'évocation de cet homme qui avait paru vouloir la sonder.

— Pourquoi ? Que t'a-t-il dit ?

Il secoua la tête.

— Que tu semblais trop belle pour être vraie. Mais j'ai fait la sourde oreille. Je me suis laissé prendre à ton jeu. J'ai cru sincère ton indignation vertueuse le soir où je t'ai plaquée contre la voiture. Alors qu'en vérité, tu souhaitais que je continue.

— Comment oses-tu dire ça ?

— Je le dis parce que c'est la vérité !

La triste vérité, songea-t-il. Son innocente et vertueuse Lily s'avérait être une illusion, une femme fantasmée. Il sentit que l'émotion qui lui serrait le cœur ravivait de vieilles douleurs, ouvrait de vieilles plaies qu'il avait crues à jamais guéries par leur rencontre. Il enfila la veste qu'il avait jetée sur le dossier de la chaise et, balayant la pièce du regard, trouva ses clés de voiture.

Leur tintement tira Lily de sa stupeur.

— Où vas-tu ? s'enquit-elle.

— Je sors !

— Ciro…

— Je sors avant de dire ou de faire quelque chose que je pourrais regretter.

Ouvrant la porte de la chambre d'un geste brusque, il traversa le salon et quitta la suite.

Les larmes aux yeux et le cœur battant à tout rompre dans sa poitrine, elle se laissa tomber sur les oreillers, fixant la porte fermée. Elle pria pour qu'il revienne, pour qu'il la prenne dans ses bras et lui dise qu'il était désolé de s'être emporté. Qu'il lui dise qu'il avait manqué de sang-froid et qu'il voulait oublier ce qui venait de se passer et recommencer de zéro.

Mais les minutes passèrent avec une lenteur torturante jusqu'à ce qu'une heure se soit écoulée, puis une autre. A travers les fenêtres ouvertes, des éclats de voix et les accents lointains d'une musique lui parvenaient. L'ironie de la situation la frappa. En bas, dans la salle des fêtes, les invités fêtaient encore leur mariage tandis qu'elle, la mariée, attendait, seule, dans le lit nuptial.

Elle jeta un coup d'œil à l'horloge murale et nota qu'il était minuit passé. Où pouvait-il être allé ? Elle était bien incapable de répondre à cette question. Elle savait si peu de chose sur ce qu'était sa vie à Naples ! Et soudain, elle s'aperçut combien elle était seule. Seule dans une ville qui lui était étrangère, seule et abandonnée de la plus cruelle des façons.

Qu'allait-elle faire à présent ?

Les doigts crispés sur les draps, elle passa en revue toutes les possibilités qui s'offraient à elle et prit une soudaine décision, motivée par la seule force qui l'avait soutenue jusqu'à présent : l'instinct de survie.

Elle était stupide de se désoler sur son sort parce que Ciro l'avait jugée négativement, s'invectiva-t-elle. Elle n'allait certainement pas continuer à jouer les victimes plus longtemps ! Saisissant son téléphone, elle composa son numéro et ne fut pas surprise de tomber sur sa boîte vocale. Elle laissa un message d'une voix extraordinairement calme disant qu'elle ne pensait pas que ce fût très prudent de rouler en pleine nuit dans un tel état d'agitation et en lui demandant de lui faire savoir s'il allait bien.

Une demi-heure plus tard, elle reçut une réponse froide et laconique par texto. *Je vais bien.*

Rien de l'endroit où il se trouvait ou de l'heure à laquelle il pensait rentrer. La nuit promettait d'être longue. Elle n'avait nulle part où aller, songea-t-elle en se glissant dans un peignoir trop grand. Et personne non plus à qui parler. Les personnes qui comptaient le plus pour elle se trouvaient dans l'hôtel, mais elle se voyait mal frapper à la porte de Danielle au milieu de la nuit pour lui confier que son mari l'avait abandonnée. Et outre, la honte que lui inspirait un tel aveu, n'était-elle pas aussi retenue par l'espoir de pouvoir discuter avec Ciro une fois qu'il serait calmé et de surmonter ce problème.

Certes, elle avait eu tort de ne pas lui parler de sa relation avec Tom. Mais il comprendrait sûrement les raisons qui l'avaient conduite à vouloir préserver l'amour et la sécurité qu'il lui offrait. N'avait-il pas affirmé qu'il voulait l'aider et n'avait-il pas entrepris tout ce qui était en son pouvoir pour qu'elle accepte ? Cela ne comptait-il pour rien ? Et pouvait-il nier le coup de foudre qu'ils avaient tous les deux ressentis au premier regard ou l'attraction irrésistible qui les unissaient ? Il était absurde que leur avenir se joue sur quelque chose d'aussi insignifiant que la perte de sa virginité.

Mais pour Ciro, c'était loin d'être sans importance, songea-t-elle brusquement. Cela traduisait un besoin primitif que bien des hommes refuseraient d'admettre. Tout comme le désir d'avoir une femme qui les attendrait à la maison.

Elle dut s'endormir, car lorsqu'elle ouvrit les yeux la suite baignait dans la lumière pâle de l'aurore. Lentement, elle s'assit au bord du lit. Le souffle lui manqua quand elle distingua la silhouette massive de Ciro qui la regardait en silence, assis à l'autre bout de la pièce. Il avait retiré sa veste et était pieds nus, la bouche crispée et les yeux sombres.

Réprimant un frisson, elle se passa les mains dans les cheveux emmêlés par le sommeil.

— Où étais-tu ?

— Dehors.

Elle ne réagit pas. C'était donc ainsi que les choses

seraient dorénavant ? Elle aurait voulu se précipiter sur lui, lui demander s'il avait été chercher du réconfort dans les bras d'une autre femme, une femme qui l'aurait plaint et se serait montrée indignée de la façon dont il avait été dupé. Mais elle se retint, consciente que ces reproches et ces craintes infondées n'arrangeraient pas la situation ; consciente que si elle désirait sauver leur relation, elle n'avait d'autre choix que de conserver son calme. Elle devait lui montrer qu'elle savait être forte et, plus important, qu'elle se souciait de lui.

— J'étais inquiète.

— Pourquoi ?

— Parce que tu es parti d'ici dans une telle fureur qu'il aurait pu t'arriver quelque chose sur la route.

— Cela ne t'aurait-il pas facilité les choses, au contraire ? demanda-t-il d'une voix sans timbre.

— Me… faciliter les choses ? Mais de quoi parles-tu ?

— Un milliardaire a trouvé la mort après avoir perdu le contrôle de sa voiture, déclama-t-il à la manière d'un journaliste. Laissant veuve la femme qu'il avait épousée moins de vingt-quatre heures auparavant.

— Ciro ! C'est vraiment odieux…

— Le mot-clé étant bien sûr « milliardaire », ajouta-t-il. La veuve hérite de tout : l'argent, les propriétés, le portefeuille d'actions. Ne serait-ce pas le scénario idéal, Lily ? Après tout, tu as menti pour t'assurer la main d'un homme riche. Qu'est ce qui me dit que tu n'espérais pas un coup de pouce du destin pour pouvoir disposer de ma fortune le plus tôt possible ?

— Arrête ça ! souffla-t-elle.

Il secoua la tête, l'air hagard.

— Mais je suppose que je ne peux m'en plaindre qu'à moi-même. J'ai été aveugle, aveugle au point de tomber tout droit dans le piège que tu m'as tendu. Si j'avais pris la peine d'analyser la situation, la vérité m'aurait sauté aux yeux. Tu semblais si désireuse de garder ta maison et d'assurer ton avenir…

— Quant à toi, tu étais si désireux d'être le premier homme à poser la main sur mon corps, répliqua-t-elle, meurtrie par chacun de ses mots.

— Oui. C'est vrai.

Il la fixa du regard, comme s'il s'efforçait de résoudre une énigme, puis ajouta :

— J'ai une certaine expérience des affaires et, d'habitude, je lis facilement dans le jeu des autres. Mais je dois avouer que tu m'as bien abusé, Lily. Tu paraissais si… émerveillée. Si incroyablement douce. Comme si ça avait été ta première fois.

— Parce que c'est ce que j'ai ressenti ! protesta-t-elle, d'une voix tremblante. Je vivais cela pour la première fois.

— Tu n'éprouvais donc rien pour l'homme avec lequel tu allais te marier ? demanda-t-il avec brusquerie.

Elle se mordit la lèvre. Il serait si simple de répondre non, d'affirmer qu'elle n'avait rien ressenti envers Tom. Mais ça serait lui mentir et elle ne voulait plus de mensonges entre eux. Quelles que soient les conséquences, elle ne dissimulerait plus la vérité.

— Si, évidemment, murmura-t-elle.

Ciro eut l'impression de recevoir un coup de poing en pleine poitrine. La douleur était aussi intense que la veille lorsqu'il avait découvert qu'un autre homme lui avait donné du plaisir avant lui. Il tourna le dos et franchit les portes vitrées ouvertes sur la terrasse. Les eaux calmes de la baie de Naples scintillaient sous le lever du soleil. Cela n'aurait pas dû se passer ainsi. A cet instant, ils auraient dû être en train de faire l'amour. Après quoi, ils auraient pris le petit déjeuner sur la terrasse, avec le plus beau panorama du monde pour toile de fond. Il avait ensuite prévu une excursion en bateau le long de la Côte amalfitaine où son yacht mouillait dans une crique protégée, prêt à les conduire vers mille destinations paradisiaques.

Et maintenant ?

Maintenant, tout cela semblait si vide.

Il se retourna pour lui faire face. Elle était si belle avec son visage pâle et ses yeux qui brillaient intensément de l'éclat du saphir. Il devrait lui dire de sortir de sa vie. De partir simplement, de le laisser seul.

Mais le sang qui battait à ses tempes et la chaleur qu'irradiait son sexe gonflé altéraient son jugement. Le corps de Lily lui lançait un appel qu'il s'efforçait d'ignorer depuis trop longtemps pour pouvoir résister encore. Il s'avança vers elle et vit ses yeux s'assombrir tandis que ses mains se crispaient sur les pans du peignoir.

— Que fais-tu ?

— Rien encore. Pourquoi ? Que voudrais-tu que je fasse ?

Elle détourna la tête. Elle voulait qu'il cesse de la regarder de cette façon, comme un prédateur observe sa proie.

— Je veux que tu me laisses seule.

— Non, ce n'est pas ce que tu souhaites.

— Puisque je te le dis. Je veux que… oh !

Soudain, Lily se sentit basculer en arrière, pressée par le corps vigoureux de Ciro qui s'allongeait sur elle. Il s'empara de sa bouche et sa langue experte s'immisça entre ses lèvres. Elle s'abandonna à lui contre sa volonté, laissant la main de Ciro se refermer sur son sein. A ce contact, elle ne put retenir un gémissement de plaisir qui résonna à ses propres oreilles comme un aveu de faiblesse et de reddition. Mais il était encore temps de lutter. Elle pouvait le repousser, même s'il dénouait déjà sa ceinture. Alors, pourquoi l'aidait-elle ? Pourquoi tirait-elle sur son pantalon puis sur son boxer sous lequel elle devinait sa virilité dressée ? Pourquoi demeurait-elle à l'attendre tandis qu'il enfilait un préservatif avec une aisance manifeste ?

A présent, il se débarrassait de sa chemise et sans qu'elle sache comment, elle était entièrement nue et son peignoir gisait parterre. Elle n'opposa aucune résistance quand il écarta ses cuisses. Elle le voulait, elle le désirait en elle. Son ventre brûlait de l'accueillir. Elle poussa un cri de plaisir quand il la pénétra. Il s'immobilisa un instant avant de se pencher pour murmurer à son oreille :

— Si tu me montrais de quoi tu es capable, chérie ?

Indignée par cette remarque désobligeante, elle ferma les yeux et pria pour trouver la force de lui intimer d'arrêter. Elle savait qu'au moindre mot, il se serait retiré sans protestation. N'avait-il pas fait la démonstration du contrôle qu'il pouvait exercer sur lui-même ? Mais la vérité était qu'elle ne voulait pas qu'il s'arrête. Elle ne l'aurait pas supporté. Quand il était profondément enfoui en elle, elle avait l'impression d'être unie à lui comme s'ils ne faisaient qu'un, même si ce n'était que sur un plan purement physique.

Elle plaqua sa main contre son torse et poussa de toutes ses forces pour le faire basculer de manière à ce qu'elle se retrouve assise sur lui, à califourchon. Ses cheveux cascadèrent devant son visage quand elle se mit à onduler du bassin dans un rythme lent et langoureux qui s'accéléra à mesure que le plaisir grandissait entre eux. Elle se réjouissait du contraste entre le corps viril et athlétique de Ciro et ses courbes si féminines. Elle s'enivrait de la sensation de son sexe dur et palpitant en elle tandis qu'elle le chevauchait avec un désir et une colère dont la violence la surprenait. Et lorsqu'elle le sentit à la limite de la jouissance, elle se pencha sur lui pour l'embrasser. Il commença par détourner la tête. Mais très vite, il émit un long gémissement de capitulation et la laissa approfondir son baiser. Elle sentit ses mains puissantes agripper ses hanches et son corps se raidir soudain. Il poussa un cri sauvage et fut secoué de tremblements.

Elle savoura la chaleur de son souffle chaud contre sa nuque tandis que les spasmes qui le parcouraient s'estompaient lentement. Ils restèrent étendus sans parler un moment. Puis il se retira d'elle et elle se haït pour la sensation de manque si forte qu'elle en éprouvait.

Il roula sur le côté et appuya la tête sur un coude, sa bouche à quelques centimètres de la sienne.

— C'était un peu à sens unique, observa-t-il.

Lily déglutit péniblement.

— Ça n'a pas d'importance.

— Oh ! Mais au contraire, protesta-t-il en glissant une main entre ses cuisses pour agacer son clitoris gonflé de désir. C'est très important.

— Ciro…

— Chut, murmura-t-il.

Il s'en acquitta sans attention comme d'une formalité. Trop bouleversée pour l'arrêter, Lily atteignit l'orgasme, laissant échapper un râle de jouissance qu'il ne prit pas la peine d'étouffer d'un baiser.

Une fois les vagues de plaisir atténuées, Lily éprouva l'envie d'enfoncer son visage dans l'oreiller pour donner libre cours aux larmes de honte qui menaçaient de la submerger. Mais elle ne voulait pas qu'il la voit pleurer. Elle devait regarder la vérité en face, quand bien même elle ne s'avérait pas facile à accepter. Elle ne pouvait pas se contenter de rejeter la responsabilité sur lui. Elle avait participé à créer cette situation. Elle savait quel genre d'homme il était, elle connaissait ses idées vieux-jeu. Elle n'aurait pas dû se laisser séduire par l'image qu'il lui avait renvoyée d'elle-même. Tout cela lui avait semblé si réel, si naturel. Mais Ciro ne voyait en cela qu'un acte de trahison, un piétinement de ses valeurs. Le mal était fait. A présent, ils n'avaient plus d'autre choix que de regarder l'avenir et de le faire avec dignité.

— Où cela va-t-il nous mener ? demanda-t-elle d'une voix douce.

Ciro considéra le visage enflammé de Lily. Où, en effet ? Une vague de remords le saisit. Il n'aurait pas dû céder à son désir et coucher avec elle une seconde fois. Pas plus qu'il n'aurait dû insister pour lui procurer une jouissance si exempte de passion. Il se méprisait pour son attitude même si le souvenir de leur étreinte le secouait encore d'irrépressibles frissons.

Il demeura silencieux un long moment, envisageant les possibilités qui s'offraient à eux.

— Si nous n'avions pas consommé notre mariage, nous aurions pu le faire annuler, finit-il par répondre. En l'état actuel des choses, je suis d'avis d'y mettre un terme le plus tôt possible. Qu'en penses-tu ?

A ces mots, Lily s'étrangla, en proie à une brutale détresse. L'image de son chien Harley lui vint soudain à l'esprit. Arrivée à un âge canonique, la pauvre bête était tombée malade. Le vétérinaire avait alors suggéré d'« abréger ses souffrances ». C'était exactement ce que cette proposition lui évoquait, à la différence près que son chien avait eu le temps de vivre une longue et heureuse vie.

Eh bien, elle ne s'abaisserait certainement pas à lui demander d'offrir une chance à leur mariage, pas après ce qu'elle venait d'entendre.

— Je peux rentrer en Angleterre, proposa-t-elle.

Ciro secoua la tête.

— Non, Lily. C'est là que tu te trompes. Je ne veux plus de drames et la dernière chose dont j'ai besoin c'est que tu t'en retournes, en pleines noces, l'indignation peinte sur le visage et le regard accusateur. De plus, je passerais pour un imbécile ou un mauvais juge des femmes si l'on venait à apprendre que mon mariage n'a duré que quelques heures.

— C'est donc de ça dont il est question, Ciro, de ta réputation ?

— Qu'est-ce que tu crois ? J'ai travaillé dur pour la mériter et je ne veux pas que tu gâches tout.

Il se tut un instant.

— Si tu te conformes à mon plan, je t'offrirai ce que tu souhaitais depuis le début. Je te restituerai le Manoir en plus de te verser une généreuse rétribution pour ta coopération.

La gorge nouée, Lily perçut le ton soudain froid et professionnel de sa voix. Elle ne le reconnaissait plus. Il lui semblait étranger. Un homme d'affaires au visage impénétrable.

— Qu'entends-tu par coopération ?

Il haussa les épaules.

— Ce n'est pas compliqué. Tu joues la jeune mariée passionnément amoureuse pendant six mois, après quoi nous annoncerons à ma famille que tu as un tel mal du pays que notre mariage ne peut tenir et que par conséquent nous nous séparons à l'amiable.

— Et si je refuse ?

— Ce n'est pas envisageable.

La lueur dans ses yeux se fit plus sombre et sa mâchoire se crispa.

— Vois-tu, tu n'es pas en position de refuser, Lily.

Elle ouvrit la bouche pour lui dire qu'elle était en droit de refuser ce que bon lui semblait, puis se ravisa gagnée par une profonde lassitude à l'idée de devoir reconstruire une nouvelle fois sur les ruines de son existence.

10.

— Tu es restée très silencieuse ce soir.

Les paroles de Ciro arrachèrent Lily à ses pensées. Comme il s'approchait d'elle sur la terrasse, elle sentit d'irrépressibles frissons la parcourir. Il dégageait une telle présence physique ! A côté de lui, le spectacle envoûtant du ciel étoilé se reflétant sur les eaux sombres de la baie lui parut insignifiant. Elle pouvait sentir la chaleur de son corps et le parfum troublant de son after-shave. Les efforts surhumains qu'elle faisait pour réprimer son désir et ses admonestations quotidiennes à elle-même sur le danger d'une telle attirance n'y changeaient rien. Elle continuait à désirer son mari avec autant d'intensité.

Ils venaient de rentrer à l'hôtel, et elle était sortie sur la terrasse en cette chaude soirée pour contempler la vue qu'elle avait appris à aimer durant ces derniers mois. La magie de cette ville méditerranéenne avait ensorcelé son cœur, un cœur auquel son mari avait tourné le dos.

— Tu n'as pas apprécié la soirée ? demanda-t-il.

Lily réprima un soupir douloureux. Ne devinait-il pas ce qui la préoccupait ? Ne comprenait-il pas que les magnifiques opéras, les somptueuses réceptions et toutes les autres brillantes festivités auxquelles elle l'accompagnait, n'effaçaient pas la conscience douloureuse de la parodie de mariage qu'ils vivaient. Et il lui semblait qu'on lui retournait un couteau dans l'estomac chaque fois qu'il posait sur elle son regard sans aménité.

Ce n'est pas compliqué. N'était-ce pas ce qu'il avait assuré à propos de son idée de passer pour un couple heureux pendant six mois ?

Ce devait être une plaisanterie !

Elle porta son regard sur le scintillement argenté qui parcourait la mer comme un frisson suscité par la silhouette menaçante du Vésuve. Considérait-il vraiment comme une chose facile de donner l'illusion qu'ils s'aimaient quand rien n'était plus éloigné de la vérité ?

Oui, à bien y réfléchir, cela ne lui posait aucune difficulté. Et pour cela il faisait preuve d'un talent dont elle s'avérait dépourvue. Il avait une telle faculté à compartimenter ses sentiments et ses émotions, ce qui aurait pu lui paraître admirable en d'autres circonstances. Plusieurs fois, elle s'était même surprise à croire en l'affection qu'il lui témoignait en public. Ainsi, lorsqu'il la présentait à des personnes de sa connaissance, il posait une main au bas de son dos d'un geste protecteur, comme s'il ne pouvait se retenir de la toucher. Dans ses moments, sa large paume épousait la courbe de ses reins et les caresses légères qu'il lui prodiguait du bout des doigts l'électrisaient tout entière. Elle pensait alors qu'il lui avait pardonné. Mais lorsqu'elle levait les yeux vers lui, elle était toujours surprise de n'y lire que de la froideur.

De deux choses l'une, songea-t-elle : soit son mari parvenait à dissimuler ses sentiments avec un art consommé, soit il ne ressentait plus rien pour elle.

Le matin qui avait suivi le mariage, Ciro avait annulé l'excursion en bateau le long de la Côte amalfitaine ainsi que leur voyage de noces en yacht. Elle s'était convaincue que c'était la meilleure décision à prendre. Quoi de pire en effet que d'être confinée sur un bateau avec un homme qui nourrit une colère sourde à votre égard ? Mais au fond, elle avait eu le cœur brisé, comme une enfant dont la fête d'anniversaire est annulée au dernier moment.

Par conséquent, ils n'avaient pas quitté leur appartement et elle s'était dit qu'après tout, il ne serait peut-être pas si difficile de maintenir l'illusion d'une vie de couple ; d'autant qu'en l'absence de son mari qui avait décidé de reprendre le travail, les choses se trouveraient facilitées. Elle était à Naples, une ville de beauté et d'histoire, et même si son mariage s'avérait un désastre, elle comptait profiter de cette opportunité qui ne se présenterait plus. Elle avait été déterminée à relever la tête et à garder le sourire, en dépit de tout. Elle avait conservé l'espoir que la colère de son mari finirait par s'atténuer et qu'alors, il la laisserait s'approcher assez de lui pour sentir l'amour qui l'habitait…

Mais ses prières ne furent pas exaucées. Il ne l'avait laissé approcher que les seules fois où ils avaient couché ensemble. Chaque fois, elle avait succombé, incapable de trouver la force de le repousser en dépit des protestations de son orgueil blessé.

Elle se tourna pour lui faire face. Il était beau comme un dieu dans son costume de soirée noir. Le clair de lune soulignait les traits racés de son visage : son front noble, son nez fier et droit, ses yeux noirs et vifs. A cette vue, elle sentit le désir fulgurant qu'il lui inspirait se raviver aussitôt.

— Comment aurais-je pu ne pas apprécier la soirée ? répondit-elle. L'opéra était magnifique.

— Cela, je le savais, c'est la raison pour laquelle nous y sommes allés.

Il la dévisagea en silence.

— Tout le monde n'a cessé de me dire combien tu étais en beauté ce soir.

Elle leva les yeux sur lui.

— Et que répondais-tu ?

Il posa une main sur sa joue et elle en savoura la chaleur réconfortante.

— Oh ! J'étais bien entendu d'accord avec eux.

Personne ne mettra jamais ta beauté en question, Lily, et certainement pas moi.

— Ciro…

Ciro l'attira à lui et l'interrompit d'un baiser, laissant le désir puissant et primitif qui bouillait en lui balayer ses propres craintes. Car parfois, lorsqu'elle posait ses immenses yeux bleus sur lui, il se sentait troublé et presque… vulnérable, tout comme il l'avait été au moment d'échanger leurs vœux dans l'église. Il avait alors éprouvé le sentiment de vivre quelque chose d'essentiel et de fondateur, quelque chose de sacré s'apparentant à l'accomplissement d'un rêve. Tout cela pour finir par découvrir qu'il avait épousé une femme qu'il ne connaissait pas. Une femme qui avait piétiné ses espoirs les plus secrets.

Son mensonge l'avait empli d'une telle colère ! Mais une fois sa colère calmée, il avait presque éprouvé de la reconnaissance envers Lily. Parce que sa trahison venait justifier la froideur et le cynisme dont il avait toujours fait preuve, une froideur et un cynisme qu'il avait autrefois érigés en règles de conduite et qu'il revêtait de nouveau comme de vieux et confortables habits.

Il glissa sa main sous le bustier de sa robe et sentit la respiration de Lily s'accélérer au moment où ses doigts effleurèrent le satin de sa peau.

— Allons nous coucher, intima-t-il d'une voix troublée.

Il la conduisit dans la chambre où il l'étendit sur le lit et la déshabilla avec une efficacité redoutable.

Lily suffoqua au contact de la chaleur de sa peau contre la sienne. Lorsqu'il la pénétra, elle se plaqua contre lui avec une faim dévorante qui la consumait tout entière. Ses lèvres cherchèrent les siennes et elle laissa échapper un soupir de contentement quand il s'en empara avec avidité tout en continuant à aller et venir en elle. Les ondes de plaisirs se succédèrent de plus en plus intenses. Lorsque la volupté atteignit son paroxysme, elle s'agrippa à lui, enfonçant ses ongles dans les muscles fermes de ses épaules et ne relâchant son étreinte que lorsqu'une douce torpeur l'eût enfin gagnée.

Ciro roula sur le côté et se tint aussi loin qu'il le put de la tentation que représentait ce corps envoûtant. Leurs ébats intimes devenaient de plus en plus fréquents ces derniers temps… Il devait prendre ses distances et se réaccoutumer à la solitude parce que, bientôt, sa belle et hypocrite épouse retournerait en Angleterre et il serait alors de nouveau seul.

Il eut un sommeil agité et à son réveil, il constata que Lily était partie. Etendu sur le lit et fixant sans les voir les rayons du soleil qui zébraient le plafond, il se sentit envahi par un sentiment de désarroi immense.

Après s'être douché et habillé, il sortit sur la terrasse où il la trouva assise à siroter un café, les yeux dissimulés derrière des lunettes de soleil. A son arrivée, elle saisit la cafetière d'un geste automatique et lui servit une tasse. Elle portait la robe de soie champagne qui faisait partie de son trousseau. Quand il remarqua qu'elle n'avait rien en dessous, un désir intense et immédiat enflamma de nouveau ses sens.

— Qu'as-tu projeté de faire aujourd'hui ? s'enquit-il en nouant sa cravate.

Lily l'observa à travers les verres sombres de ses lunettes. Ses cheveux noirs et son visage encore humides luisaient à la lumière du soleil. Il dégageait une aura de puissance qui semblait sourdre de tous ses pores. Même si dans son costume de lin, il avait les allures froides et détachées d'un homme d'affaires, il suscitait chez elle un désir douloureux mêlé d'un sentiment de culpabilité. Parce que la conscience de sa faute ne devait pas la quitter un instant, n'est-ce pas ? Elle se remémora les sentiments bouleversants qu'elle avait éprouvés dans ses bras la nuit dernière. Le cri qu'elle avait poussé au comble de la jouissance, hurlant son nom comme chaque fois.

— Serais-tu en train de rougir, Lily ? interrogea-t-il en se penchant pour prendre son café. Je crois que j'avais oublié que tu en étais capable.

Elle se hérissa.

— Tu penses peut-être que cela est réservé aux femmes dont l'hymen est intact ?

— Tu es un peu dure là, non ?

— Ce qui n'est bien sûr jamais ton cas ?

Une lueur passa dans ses yeux noirs.

— Je ne me souviens pas t'avoir entendu te plaindre à ce propos hier soir.

— Je doute que l'on ait jamais pu t'en tenir rigueur dans ce domaine-là, répliqua-t-elle.

Submergé par une nouvelle vague de désir, Ciro s'éloigna, longeant le bord de la terrasse comme s'il souhaitait contempler la baie. Il avait grandi avec cette vue mais aujourd'hui, elle lui apparaissait sous un jour différent, comme tout ce qui remplissait habituellement sa vie d'ailleurs.

Avait-il sérieusement pensé que cette parodie de mariage serait facile à mener ? Qu'il pourrait jouir de cette femme pendant six mois tout en s'en détachant un peu plus à chaque nouvelle étreinte ? Oui, il l'avait cru. Comment aurait-il pu en être autrement ? Ne l'avait-il pas souhaité et n'était-il pas homme à vouloir concrétiser ses souhaits ?

Il avait cru que sa colère continuerait de brûler en lui et finirait par avoir raison de ses sentiments comme chaque fois qu'une femme l'avait déçu. Mais le détachement et l'indifférence salutaires qu'il s'attendait à ressentir envers elle tardaient à venir. Il la désirait comme au premier jour, au lit comme dans la vie.

Cela le désemparait et finissait par le rendre fou. En vain il s'était répété à l'envi qu'elle lui avait menti dans le seul but d'assurer son futur financier et qu'elle ne comprendrait jamais ce qu'un Napolitain attaché aux valeurs traditionnelles attendait d'une femme. Qu'avait-elle donc de si particulier pour qu'il éprouve ce besoin impérieux de se perdre en elle, de la savoir et de la sentir toute à lui ? Se pouvait-il qu'il soit le jouet d'un sort ?

— Ciro ?

— Qu'y a-t-il ? grogna-t-il en se tournant pour lui faire face.

— Tu m'as demandé ce que j'envisageais de faire aujourd'hui.

— Vraiment ?

Lily s'efforça de sourire, appréhendant sa réaction.

— Je me disais que j'irai parler à ta mère.

Ces paroles le tirèrent de l'état de confusion dans lequel il se trouvait.

— Pourquoi voudrais-tu faire ça ? demanda-t-il en fronçant les sourcils.

— Parce qu'en dépit de ce qu'elle a pu faire, elle reste ta mère. Parce que je suis ta femme.

— Nous savons tous les deux que tu n'es pas réellement ma femme, Lily.

— Je ne le suis peut-être pas pour toi, mais je ne le demeure pas moins aux yeux de ta mère. Et si tu souhaites que ce mariage paraisse crédible alors la meilleure des choses à faire serait de lui rendre visite. De toute façon, j'ai envie de la voir. Je ne peux pas passer toutes mes journées à visiter des églises et à écouter des leçons d'Italien dans mon baladeur pendant que tu t'absentes toute la journée pour ton travail.

Elle savait que son obstination à apprendre une langue qui ne lui serait d'aucune utilité dans le futur le déconcertait. Ils en avaient discuté ensemble et elle lui avait argué que l'apprentissage d'une nouvelle langue n'était jamais du temps perdu. Il semblait également troublé par le fait qu'elle ne passait pas ses journées à dépenser l'argent qu'il avait sur son compte maintenant qu'elle y avait accès. En réalité, elle était tombée amoureuse de Naples. L'espace de quelques mois, elle souhaitait faire elle aussi partie de ce paradis méditerranéen.

— Ma mère n'est pas très sociable, objecta-t-il, irrité. Je doute d'ailleurs qu'elle accepte de te recevoir.

— Elle l'a déjà fait.

— *Scusi ?*

— Je l'ai appelée hier pour lui dire que je souhaitais la voir et elle m'a invitée à passer prendre le café aujourd'hui.

Ciro sentit une colère soudaine monter en lui. Une colère dont il n'arrivait pas à cerner la cause. Etait-ce parce qu'elle ne lui en avait pas parlé avant ? Ou parce que l'idée qu'elle put voir cette femme avec laquelle il avait toujours eu une relation difficile le mettait mal à l'aise ?

— Tu as attendu que j'ai eu le dos tourné pour appeler ma mère ?

— Oui, Ciro. Si c'est là ta façon de considérer les choses, c'est bien ce que j'ai fait. Je suis coupable d'avoir voulu me montrer prévenante et attentionnée — quelque chose qui te semble difficile à comprendre apparemment.

— Tu n'as aucune raison d'être insultante.

— Pourquoi, ce droit te serait-il réservé ? répliqua-t-elle.

Leurs regards se nouèrent dans une lutte silencieuse et l'espace d'un instant Ciro fut sur le point de sourire. Puis sa stupeur et son indignation reprirent le dessus. Qu'est-ce qui pouvait motiver cet entêtement ridicule à vouloir rencontrer sa mère ?

— Y a-t-il quelque chose qui pourrait te détourner de ce projet ?

— Absolument rien. Il faudrait que tu me ligotes pour que je ne me rende pas chez ta mère à l'heure convenue.

— Fais comme il te plaira, conclut-il en prenant son attaché-case la mâchoire crispée. Mais elle peut se montrer revêche. Tu ne pourras pas dire que je ne t'aurai pas prévenue.

Les paroles de Ciro résonnant encore dans sa mémoire, Lily se prépara pour son rendez-vous avec sa belle-mère. Stressée et en nage après avoir changé trois fois de tenue, elle prit un taxi pour se rendre chez Leonora d'Angelo. Lorsqu'elle fut introduite dans le salon somptueux, elle se sentit une fois de plus énorme et gauche à côté de cette femme distinguée à la silhouette gracile.

Malgré son âge avancé, Leonora d'Angelo restait une femme superbe. Ses yeux noirs et l'ossature fine mais solide de son visage rappelaient ceux de Ciro. Elle portait une robe grise, simple et élégante, et un collier en or soulignait la finesse de son cou. Ses doigts minces et longs arboraient une impressionnante quantité de diamants. La vieille femme s'adossa au dossier de son fauteuil et lui adressa un sourire froid.

— La jeune *signora* d'Angelo me paraît un peu pâle. J'espère que vous vous faites à la vie napolitaine.

Lily s'efforça de sourire. Que dirait sa belle-mère si elle lui confiait ce qui en était réellement. *J'essaie de me familiariser avec l'idée de partager la vie d'un homme qui me déteste et que je ne parviens pas à cesser d'aimer ; parce que contrôler ses sentiments n'est pas chose facile comme vous pouvez vous en douter.*

— Naples est une ville magnifique, répondit-elle poliment.

Leonora acquiesça.

— C'est aussi mon sentiment, même si, pour beaucoup, Naples demeure une énigme. Un lieu d'ombre et de lumière. Un lieu dont on se demande à chaque tournant ce qu'il nous réserve.

Elle eut un mince sourire et ajouta :

— Un peu comme mon fils.

Lily sentit son cœur bondir dans sa poitrine à l'idée que Leonora puisse engager la conversation sur Ciro. Serait-elle capable de mentir sur leur relation à une femme qui le connaissait mieux que quiconque ?

— Vraiment ? fit-elle ne sachant quoi dire.

— Je suis heureuse que Ciro se soit enfin marié ! J'attendais cela depuis longtemps. Je me suis souvent demandé ce qui l'en écartait, mais en y réfléchissant bien…

Sa voix mourut et une ombre passa dans ses yeux.

— Vous a-t-il beaucoup parlé de son enfance ?

Lily secoua la tête.

— Non, pas vraiment.

— Il ne vous a pas dit qu'elle avait été malheureuse.

Désemparée, Lily ne sut quoi répondre. Ce n'était pas à elle de révéler ce que Ciro lui avait confié, d'autant que cela pouvait blesser la vieille dame. De plus, il ne lui en avait parlé que par bribes et le tableau qu'elle avait pu en reconstituer était loin d'être complet. Elle avait toutefois compris qu'il avait été souvent laissé à lui-même et qu'en dépit de l'armée de domestiques dont il était entouré à l'époque, il avait beaucoup souffert de la solitude. En outre, elle ne pouvait pas non plus évoquer le tourment qu'avait représenté pour lui le comportement libertin de sa mère, pas plus que la condamnation qu'il en faisait.

— Ciro ne se confie pas beaucoup, dit-elle enfin en espérant clore ainsi le sujet.

Leonora reposa sur le guéridon la fine tasse de porcelaine à laquelle elle n'avait pas touché.

— Saviez-vous qu'après la naissance de Ciro, j'ai fait ce que l'on appelle une dépression post-partum ? demanda sa belle-mère d'une voix qui se brisa.

— Non, je l'ignorais.

— Bien sûr à l'époque, il n'y avait aucune connaissance à ce sujet et d'ailleurs, aucune femme ne devait oser en parler de peur de s'attirer l'incompréhension et la médisance des autres. Alors, celles qui en souffraient n'avaient d'autre choix que de tenir bon en espérant que cela passe. Et c'est ce que j'ai essayé de faire, de toutes mes forces… mais mon état ne s'est pas amélioré.

Elle fit une pause puis reprit :

— Saviez-vous que son père m'a quittée ?

Lily hocha la tête.

— Oui, il me l'a dit.

Leonora haussa les épaules comme si cela lui était à présent indifférent. Mais quelque chose dans son expression fit songer à Lily qu'elle n'avait pas tout à fait surmonté cette séparation. Et soudain, elle se vit elle-même, vieille femme solitaire dans un futur vague, haussant les épaules de la même façon et expliquant que son mariage avec le Napolitain n'avait pas fonctionné.

— Le mariage n'avait pas tout à fait correspondu à ses attentes, continua-t-elle. Il avait cru épouser une jeune femme vive et d'humeur riante, pas un être fantomatique pour qui sortir de son lit s'avérait une épreuve. En ce temps-là, il était extrêmement rare qu'un homme quitte sa femme et ses enfants et après son départ, j'étais si… effrayée. Effrayée d'être laissée à moi-même. Effrayée de devoir m'occuper seule d'un enfant aussi fort et décidé que Ciro l'était, un enfant qui n'avait plus l'image d'un père pour se construire. Et honteuse d'avoir été rejetée. Je voulais un homme pour mon fils et… oui, je l'admets, je désirais un homme pour moi-même.

— *Signora* d'Angelo, l'interrompit Lily. Rien ne vous oblige à me dire tout cela.

— Oh ! Mais j'y tiens, répondit la vieille femme d'une voix plus amère. Parce que vous serez peut-être capable d'expliquer à Ciro les raisons qui ont dicté ma conduite. Parce qu'il y a des chances qu'il vous écoute, vous.

Lily se mordit la lèvre. Si elle lui disait la vérité — que pour tout l'or du monde, Ciro ne voudrait jamais écouter ce qu'elle pourrait avoir à dire à ce sujet — ne risquait-elle pas d'affliger un peu plus encore sa belle-mère ?

Elle afficha un pâle sourire.

— Je peux essayer.

Leonora posa ses mains entrelacées sur ses genoux.

— A l'époque, les choses étaient différentes pour les femmes… surtout à Naples. Cette ville a toujours représenté le modèle de la société traditionnelle et patriarcale. Les femmes délaissées par leur mari étaient méprisées. Peut-être étais-je désespérée et ne dit-on pas que rien ne se reconnaît tant qu'une âme désespérée ?

Elle eut un rire amer, avant de poursuivre.

— Peut-être était-ce la raison pour laquelle je ne me suis pas remariée malgré le nombre d'hommes que j'ai fréquentés ? Je les ramenais ici, à la maison…

— *Signora* d'Angelo…

— Parfois pour leur offrir un verre ou un café. Parfois juste pour avoir quelqu'un à qui parler. J'étais si seule, Lily !

Lily acquiesça. La souffrance dans les yeux de sa belle-mère était évidente.

— Oui, je peux l'imaginer.

— Mais Ciro avait déjà un caractère trempé dans l'acier. Il haïssait ces hommes. Il voulait que sa *mamma* vive comme une nonne. Moi, je voulais vivre comme… comme une femme. Cela a créé une rupture entre nous, un fossé qui n'a pas cessé de grandir, et je le regrette. Depuis, je n'ai rien pu dire ou faire qui a pu atténuer la sévérité de son jugement, en partie parce qu'il n'a jamais voulu en discuter avec moi.

Lily éprouva une profonde tristesse parce qu'elle comprenait le point de vue de Leonora tout comme celui de Ciro. Elle pouvait s'imaginer ce petit garçon qui désirait protéger sa mère des hommes qu'il haïssait d'avance, trop jeune pour s'apercevoir qu'elle avait besoin d'un peu plus que de l'amour d'un enfant pour la soutenir. Leonora avait souhaité trouver un modèle paternel pour Ciro, un homme qu'il aurait pu admirer et prendre pour exemple. Mais elle n'y était pas parvenue et Ciro n'avait vu en ces hommes qu'un flot d'étrangers s'introduisant chez lui. Des barrières s'étaient dressées entre le fils et la mère et le temps ne les avait rendues que plus infranchissables.

Soudain, elle comprit mieux pourquoi Ciro avait réagi aussi violemment en apprenant qu'elle n'était pas vierge ; pourquoi il avait été amené à penser qu'un jour sa propre femme — qu'il avait crue insoupçonnable — rechercherait la compagnie d'autres hommes. Ou avait-il simplement songé que le fait d'avoir déjà couché avec un autre homme trahissait une nature pervertie ? Pour lui, les choses étaient toutes noires ou toutes blanches… et cela s'appliquait aux femmes également. Surtout aux femmes. Il les voyait comme des madones ou des garces. Et il n'était pas difficile de savoir dans quelle catégorie il la plaçait.

— Lui parlerez-vous, Lily ? la pria subitement Leonora. Lui expliquerez-vous ce que j'ai vécu ?

Lily perçut un faible tremblement dans la voix de sa belle-mère et prit conscience de ce qui se dissimulait derrière le vernis de sophistication qu'elle présentait au monde : une femme meurtrie, effrayée de se voir vieillir sans parvenir à obtenir le pardon de son seul fils.

— J'essayerai, assura-t-elle.

Elle était déterminée à aider sa belle-mère. Qu'avait-elle à perdre ? Même si son ingérence irritait Ciro, la situation entre eux pouvait-elle être pire que ce qu'elle était déjà ? Il était convenu qu'ils se séparent, qu'elle quitte Naples et rentre en Angleterre. Si elle pouvait réconcilier mère et fils avant de partir, alors quelque chose de bon serait sorti de cette histoire.

La confession de Leonora dissipa la torpeur dans laquelle elle paraissait vivre depuis un certain temps.

Elle prit conscience qu'elle avait cessé d'être la Lily qui aimait créer un environnement chaleureux et confortable autour d'elle. Elle avait été tellement occupée à essayer de survivre dans cette atmosphère hostile qu'elle en avait oublié qui elle était réellement. Ciro n'était-il pas tombé sous le charme de la femme qui faisait de la pâtisserie et s'efforçait de façonner un foyer chaleureux ? Malgré la colère qu'il continuerait de nourrir à son égard, ne pouvait-elle pas lui rappeler quelle femme elle avait été à ses yeux et ce qu'elle avait représenté pour lui ?

Le cœur battant, portée par l'espoir, Lily entra dans le magasin le plus proche de leur appartement, une épicerie sombre et poussiéreuse où un ventilateur d'une autre époque brassait poussivement l'air chaud de cette fin d'après-midi. Quelques caisses d'oranges et de tomates remplissaient les étalages de la devanture ; l'intérieur du magasin offrait surtout aux regards des bouteilles de vins et toutes sortes de biscuits. Cependant, après un certain temps, Lily parvint à réunir tous les ingrédients nécessaires à la préparation d'un gâteau.

De retour chez eux, elle se mit au travail se demandant si la cuisinière dernier cri de Ciro avait jamais servi auparavant. Elle prit plaisir à retrouver les gestes immuables et rassurants qu'elle avait appris à aimer, à entendre le soupir étouffé du jaune d'œuf tombant dans la farine et le battement doux de la cuillère de bois contre le saladier — un bruit que son professeur de cuisine aimait à comparer au martèlement des sabots d'un cheval sur de vieilles pierres. Elle râpa le zeste du citron le plus juteux et parfumé qui lui ait été donné de presser et savoura bientôt l'incomparable odeur de gâteau cuisant au four.

Aux alentours de six heures, elle entendit le bruit de la porte d'entrée puis, après un silence pesant, le bruit de pas familier de Ciro se dirigeant vers la cuisine.

Lorsqu'il l'aperçut, son expression d'abord impassible trahit l'étonnement.

— Que fais-tu ?

— Tu veux dire, mis à part préparer un gâteau ? répondit-elle sur un ton enjoué en ouvrant la porte du four.

Pendant qu'elle sortait sa pâtisserie du four, Ciro ne put s'empêcher d'admirer la courbe délicieuse de ses hanches. Cependant, au lieu de ressentir du désir à la vue de ce corps sensuel comme le jour de leur rencontre, une vague de tristesse lui étreignit le cœur.

— Et tout ceci en l'honneur de quoi ? demanda-t-il.

Confuse, elle se tourna pour lui faire face. La prendrait-il pour une folle si elle lui disait qu'elle éprouvait le besoin de se retrouver, de se sentir de nouveau elle-même ?

— Je me suis juste rendu compte que je n'avais pas fait de pâtisserie depuis longtemps. En veux-tu une part ? C'est meilleur quand c'est encore chaud.

Désemparé, il secoua la tête. Chacun de ses mots lui poignardait le cœur. Elle avait prononcé les mêmes paroles, il y avait longtemps déjà, et elles lui rappelaient tout ce en quoi il avait espéré. Tous ces plaisirs simples qui lui semblaient à présent si éloignés de la comédie aigre-douce qu'était devenue leur relation.

— Non, merci, répondit-il en réprimant l'élan de compassion qui le saisit à la vue de la vive déception qui se peignit sur son visage. As-tu vu ma mère ?

— Oui, je l'ai vue.

— Et alors ?

Luttant contre la colère qui montait en elle, Lily le considéra. Son expression froide et impassible confirmait tout ce que sa mère lui avait confié. Elle sentit son sang-froid la quitter.

— Elle m'a appris des choses très intéressantes.

Ciro dénoua sa cravate. Il avait beau essayer de se montrer indifférent en ce qui concernait sa mère, il n'y arrivait pas. Maintenant, sa curiosité était éveillée.

— Oh… Quel genre de choses ?

Lily prit une profonde inspiration.

— Elle m'a dit, par exemple, que tu ne lui avais jamais pardonné d'avoir eu des amants.

Incrédule, il resta muet quelques secondes.

— Qu'est-ce qu'elle a dit ? demanda-t-il d'une voix où perçait un mélange de stupéfaction et de colère.

— Savais-tu que ta mère a souffert de dépression post-partum ? interrogea-t-elle rapidement. Et que c'était l'une des raisons qui ont conduit ton père à vous abandonner ?

— C'était donc lui le seul coupable ? lâcha-t-il.

— Personne n'est coupable ! répliqua-t-elle, le cœur battant à tout rompre. C'est juste ainsi que les choses se sont passées. La dépression post-partum était un mal méconnu à l'époque. Ta mère m'a dit que… eh bien, elle m'a dit qu'elle avait souhaité te trouver un père, un homme en qui tu aurais pu te reconnaître.

— Comme c'est aimable de sa part, ironisa-t-il. Elle a certainement voulu auditionner le plus d'hommes possible pour tenir ce rôle.

— Tu es odieux, dit-elle d'une voix tremblante de rage. Tu ne vois donc pas que ta mère se fait vieille et qu'elle est terrifiée à l'idée de mourir sans que tu l'aies au moins comprise ?

— C'est assez ! gronda-t-il.

— Non, ça ne l'est pas, rétorqua-t-elle. C'est loin d'être assez ! J'ai vraiment éprouvé de la peine pour elle à l'idée qu'elle ait dû faire face à ta froideur et à tes manières détachées durant toutes ces années. Et je découvre que j'en suis réduite à me comporter de la même façon que toi. Je commence à me dégoûter de moi-même.

— Mais de quoi parles-tu ?

— Je parle de moi, moi acceptant l'inacceptable ! Je parle de nous, nous qui devons jouer une parodie de mariage pendant encore des mois, et pour quoi au juste ? Pour préserver ta maudite image !

Il marqua une pause.

— Nous étions d'accord, Lily.

— Oui, nous l'étions, reconnut-elle.

Certes, elle avait accepté ce marché, mais avec une arrière-pensée, même si elle n'en avait pas eu pleinement conscience sur le moment. Une part d'elle-même n'avait-elle pas espéré que sa colère envers elle se serait atténuée avec le temps ? Qu'ils auraient pu retrouver un peu de la magie de leur relation, quelque chose qu'elle avait ressenti comme de l'amour ? Mais il n'avait montré aucun signe d'apaisement ou de rémission, que ce soit à l'égard de la femme qui lui avait donné naissance ou de celle qu'il avait épousée. Peu importe leur faute, il n'y avait aucun pardon dans le cœur de Ciro d'Angelo pour les femmes qui l'avaient blessé. Plus elle resterait à ses côtés, plus elle en souffrirait. Car elle l'aimait toujours en dépit du mal qu'il lui faisait.

— Mais j'ai changé d'avis, articula-t-elle doucement. Je refuse de continuer cette mascarade plus longtemps. Je veux retourner en Angleterre.

— Tu ne peux pas faire ça, la prévint-il.

— Pourquoi ? Tu voudrais m'en empêcher ? répliqua-t-elle en soutenant son regard. Aurais-tu l'intention de jouer jusqu'au bout ton rôle de mari tyrannique en essayant de m'arrêter ? Tu comptes peut-être m'enchaîner au canapé… ou me tenir en laisse, qui sait ?

Sans attendre sa réponse, elle courut jusqu'à la salle de bains et s'y enferma. Le cœur cognant contre ses côtes, elle considéra le visage blême que lui renvoyait le miroir. Elle ne voyait plus qu'une seule façon de recouvrer la liberté. Mais aurait-elle assez de courage ? Aurait-elle le cœur assez ferme pour franchir le pas ?

Au bout de dix minutes, elle l'entendit l'appeler de l'autre côté de la porte. A présent, elle devait lui faire face, sinon pourquoi en être arrivé jusque-là ? Avec un goût amer dans la bouche, elle lui ouvrit doucement la porte et tressaillit en voyant une expression horrifiée se peindre sur le visage de Ciro.

— *Per l'amor del cielo !* s'écria-t-il. Mais qu'est-ce que tu as fait, Lily ?

Elle vit son regard se porter derrière elle où d'épaisses mèches de cheveux blonds jonchaient le carrelage de la salle de bains. Elle leva le menton et le regarda dans les yeux avec une expression de défi.

— Qu'est-ce que j'ai fait ? J'ai rompu ma promesse ! dit-elle sans pouvoir réprimer le tremblement dans sa voix.

Pour la première fois, elle recula pour éviter qu'il ne la touche. Pour la première fois, le contact de sa main ne lui procura pas du plaisir mais un violent dégoût. Comment avait-elle pu en arriver là ? Comment avait-elle pu s'abandonner nuit après nuit dans les bras d'un homme qui la méprisait ? N'avait-elle aucun orgueil ni aucune fierté ?

Le souffle court, elle s'écarta de lui.

— J'ai coupé mes cheveux ! déclara-t-elle. Je t'avais promis que je ne le ferais pas, et pourtant regarde ! J'ai rompu ma promesse d'une façon symbolique et définitive. Je te rends ta liberté, Ciro… et je retrouve la mienne. Je veux… Non ! J'ai besoin de rentrer chez moi.

11.

Pas un mot pour la retenir, songea amèrement Lily. C'était peut-être ce qui était le plus douloureux. Il n'essayait pas de la dissuader de partir. Cependant, s'était-elle attendue à une autre réaction de sa part ? Avait-elle eu la hardiesse d'imaginer son fier et inflexible mari la supplier de rester ?

La facilité avec laquelle il avait accepté sa décision la sidérait. C'était comme s'il avait pris conscience qu'une femme qui se coupait les cheveux dans un élan de désespoir ne convenait pas à un Napolitain de son rang. Il l'observait impassible, le visage dur.

— Peut-être est-ce la meilleure solution, dit-il d'une voix étrangement détachée. Quand veux-tu partir ?

— Le plus tôt possible ! cria-t-elle, souhaitant par-dessus tout mettre un terme à cette agonie. Je prendrai l'avion cet après-midi, si je le peux.

Ciro considéra de nouveau les mèches éparses qui tapissaient le sol avant de reporter son regard hésitant sur les cheveux saccagés qui encadraient désormais le visage de Lily.

— Ne souhaiterais-tu pas passer chez le coiffeur avant ?

La question de Ciro ne fit qu'augmenter son désarroi. Elle comprenait ses motivations. Ses cheveux coupés dans la précipitation lui donnait certainement l'apparence d'une folle et sortir ainsi risquait de porter le discrédit sur le nom des d'Angelo.

Elle secoua la tête.

— Je porterai un chapeau, dit-elle avant de lancer d'une voix proche de l'hystérie : Et qui sait si, à mon insu, je ne vais pas lancer une nouvelle mode : la coupe de cheveux destructurée faite maison ?

Ciro fut balayé par une émotion sans nom en constatant qu'avec les cheveux courts, les yeux immenses de Lily lui mangeaient le visage. Ces yeux brillant de larmes contenues paraissaient d'énormes saphirs.

— Mes avocats te contacteront… et la propriété du Manoir te reviendra après la prononciation du divorce. Je m'engage aussi à payer les études de ton frère jusqu'à leur terme, comme je l'avais promis.

Il eut un rire amer.

— Tu quittes Naples avec ce que tu es venue y chercher, n'est-ce pas, Lily ?

Elle sentit la nausée monter en elle en comprenant qu'il la considérait comme une croqueuse de diamants.

— Je ne veux rien de toi, Ciro.

— Tu veux le Manoir.

Retenant les larmes qui menaçaient, elle secoua la tête.

— Je n'y tiens pas à ce point.

Le charme de cette vieille demeure familiale ne serait-il pas entaché si elle en obtenait la propriété dans ces horribles circonstances ? Ne se sentirait-elle pas elle-même dégradée si son comportement passait pour celui d'une femme cupide voire d'une voleuse ? Jamais elle ne donnerait à Ciro d'autres raisons de la mépriser.

— Tu ne veux pas que ton frère suive ses études ?

— Pas à ce prix-là ! Nous nous débrouillerons sans toi. Si Jonny est suffisamment talentueux, il obtiendra une bourse. Dans le cas contraire… il trouvera sa voie ailleurs, car c'est ainsi que les choses se passent dans la réalité, Ciro.

— C'est tout à ton honneur, Lily… mais je doute que tu sois sincère. Je suis sûr que mes avocats me feront part d'un tout autre discours. J'ai toujours été étonné par le pouvoir persuasif d'une grosse somme d'argent écrite noir sur blanc sur un contrat.

Le cynisme de ses propos lui glaça le sang.

— Quand comprendras-tu que ce n'est pas pour l'argent que je t'ai épousé ?

— Pourquoi, alors ? demanda-t-il sur un ton d'incrédulité railleuse. A cause du coup de foudre ?

La gorge de Lily se serra. Oui… Elle aurait voulu lui dire que ce qu'il avait ressenti envers elle, elle l'avait éprouvé elle aussi. Mais quel intérêt puisqu'il ne l'avait jamais crue. Il était tombé amoureux d'une femme qui n'avait existé que dans son imagination, une femme qu'il avait placée sur un piédestal. Et peut-être qu'elle aussi était tombée amoureuse de quelqu'un qui n'existait pas vraiment. Parce que, quel que soit l'amour qu'il avait éprouvé pour elle, il n'aurait jamais fait un bon mari. Quel futur aurait-elle pu espérer avec un homme qui jugeait si sévèrement les femmes ?

— Ça n'a plus d'importance, dit-elle d'une voix sans timbre. Tout cela est fini.

Ciro vacilla. Les paroles de Lily l'emplissaient de tristesse. Pourtant, il devait reconnaître qu'elle avait raison. C'était fini. Et peut-être que son départ précipité était la meilleure solution… pour tous les deux.

Il passa quelques appels téléphoniques et, deux heures plus tard, il descendit ses valises dans le hall de l'immeuble où un chauffeur attendait pour la conduire à l'aéroport. Son cœur manqua un battement à la vue de ses grands yeux bleus assombris qu'elle s'empressa de dissimuler derrière des lunettes de soleil avant de se hisser sur la pointe des pieds pour effleurer sa joue de ses lèvres douces.

— Au revoir, Ciro, dit-elle d'une voix étranglée. Prends… prends soin de toi.

— Toi aussi.

Soudain, un sentiment de panique l'envahit.

— Lily…, commença-t-il.

— S'il te plaît. Epargnons-nous des adieux douloureux, dit-elle dans un souffle avant de s'éloigner d'un pas rapide et de monter à l'arrière du véhicule.

Ciro la regarda s'éloigner avec la voiture, espérant la voir tourner la tête une dernière fois dans sa direction… mais elle fixa la route devant elle, les épaules droites et la tête haute sous le chapeau de paille qui couvrait ses cheveux cisaillés.

Il demeura immobile quelques minutes, attirant l'attention des passants qui le croisaient. Une fois rentré chez lui, il fut surpris de constater que son cœur était encore lourd. Il se rassura en se disant qu'il n'y avait rien de plus naturel après un dénouement aussi brusque et bouleversant et que dans peu de jours le souvenir de ce mariage éphémère aurait déjà disparu.

Mais les choses ne se passèrent pas ainsi. Il prit peu à peu conscience que sa vie avait été complètement bouleversée, aussi bien par l'arrivée de Lily que par son départ. Son absence se manifestait jusque dans les plus petits détails du quotidien. Il se réveillait le matin et ne rencontrait qu'une place froide en tendant la main à la recherche du corps doux et offert de son épouse.

L'agitation féminine qui reprenait autour de lui lui apprit que la nouvelle du départ de sa femme pour l'Angleterre s'était très vite répandue et qu'il était de nouveau considéré comme un « cœur à prendre ». Et à son grand étonnement, cela lui déplut. Il éprouvait presque du dégoût à être abordé par des femmes et leur conversation lui procurait un profond ennui. Il prit conscience à quel point Lily s'était avérée d'excellente compagnie durant les soirées qu'ils avaient passées ensemble, combien elle avait toujours su le charmer par sa conversation, son humour et sa simple présence. Les dîners se firent des moments de pesante solitude ou des rituels fastidieux.

Il téléphona à ses avocats en Angleterre avec le souhait inavoué d'apprendre que Lily avait accepté la petite fortune qui lui revenait à la suite du divorce, de s'entendre d'une certaine façon confirmer sa nature vénale. Mais elle n'en avait rien fait. Ciro écouta patiemment son avocat lui rapporter d'une voix abasourdie que Lily d'Angelo le quittait sans réclamer le moindre centime.

— Elle n'a rien demandé ? interrogea-t-il, incrédule.

— *Niente*, répondit l'avocat dans la langue de son interlocuteur afin que tout doute soit écarté.

Ciro broya du noir tout le reste de la journée. Le lendemain, il contacta une de ses connaissances en Angleterre afin qu'elle l'informe sur la situation de Lily. Il fut étonné d'apprendre qu'elle avait repris son emploi de serveuse dans le salon de thé et qu'elle occupait toujours l'appartement situé à l'étage. Qu'elle se contentât de vivre avec si peu alors qu'une fortune lui avait été offerte le rendit perplexe au point d'ébranler ses certitudes. Mais quelques jours plus tard, une autre information venant du même contact l'emplit d'une amère satisfaction.

Elle avait mis les perles de sa mère aux enchères !

Le collier avait été acheté bien au-dessus de son prix de départ par un acheteur anonyme. Qu'ils paraissaient soudain loin les bons sentiments ! Il revoyait encore les larmes qui avaient embué ses yeux quand elle lui avait confié que sa belle-mère se l'était approprié, et la touchante gratitude dont ils avaient brillé lorsqu'il lui avait rapporté et noué autour du cou. Il avait pensé que c'était le souvenir de sa mère qui avait provoqué son émoi. Mais la vérité s'avérait plus bassement matérielle. Elle avait toujours connu la valeur de ce bijou et comptait dessus pour s'assurer une situation confortable le temps de trouver un pigeon à plumer !

Il se noya alors dans le travail pour tenter de l'oublier mais une carte postale d'Angleterre le ramena bien vite à ses pensées douloureuses. Elle lui avait été envoyée par le frère de Lily et derrière une composition abstraite probablement réalisée par Jonny, il pouvait lire un message concis.

« Salut, Ciro ! J'apprends ce matin que je suis admissible à l'Ecole des Beaux-Arts. Les cours commencent en septembre. Je souhaitais juste te dire merci (ou plutôt *mille grazie* !) pour avoir rendu tout ça possible. A bientôt, Jonny.

Confus, Ciro relut la carte. Jonny ne semblait pas être au courant du divorce. Bien pire, il paraissait croire que c'était lui, Ciro, qui finançait ses études. Quel était le sens de tout cela ?

Le cœur battant à tout rompre, il sortit sur la terrasse et s'efforça de remettre de l'ordre dans ses idées. D'où provenait l'argent qui payait les études de Jonny ? Soudain un éclair de lucidité se fit jour dans son esprit. Lily avait vendu les perles de sa mère pour couvrir les frais d'inscriptions de Jonny !

Une vague de regrets déferla en lui à cette pensée. Il demeura immobile sur la terrasse à fixer la baie sans la voir tandis que le soleil déclinait à l'horizon. Etait-il trop tard pour aller la retrouver et lui demander de lui accorder un pardon qu'il ne méritait pas ? Un pardon que sa fière et insoumise Lily ne lui donnerait certainement pas. La mâchoire crispée, il rentra à l'intérieur chercher son passeport. Certes, il était peut-être trop tard, mais avait-il le choix ?

Cependant, il avait quelque chose à faire avant cela.

12.

En dépit de leur propreté irréprochable, Lily continuait à astiquer les vitres du deux-pièces. Danielle avait beau la taquiner en la comparant à un robot ménager, elle s'obstinait à se consacrer avec ardeur aux tâches domestiques. Contre toute attente, elle y trouvait une forme d'apaisement. C'était un travail peu éprouvant qui l'aidait à se sentir un peu mieux dans son petit appartement. Elle s'y adonnait en écoutant la radio, ce qui l'aidait à se distraire de ses pensées. Ecouter les autres parler s'avérait bien plus reposant que d'avoir à parler soi-même, surtout ces derniers temps où on lui posait des questions auxquelles elle avait du mal à répondre. Mais elle savait que la curiosité des gens finirait par s'émousser avec le temps. Après tout, elle n'avait retrouvé son ancienne vie que depuis un mois. Son ancienne vie qui était à présent sa nouvelle vie…

A son retour à Chadwick Green, elle avait eu l'impression que rien n'avait changé. Le salon de thé n'avait pas bougé, pas plus que le deux-pièces. Soucieuse et compréhensive, comme à son habitude, Fiona lui avait proposé de reprendre son travail. Quant à Danielle, elle avait été ravie de retrouver son amie. Bien sûr, toutes deux s'inquiétaient pour elle, même si elles faisaient de leur mieux pour le lui cacher. Sa nouvelle coiffure et sa perte de poids les avaient d'ailleurs énormément préoccupées.

Danielle lui avait même ouvertement demandé ce qui s'était passé à Naples. Un moment, elle avait été tentée de lui confier un peu ses peines. Mais comment aurait-elle pu expliquer l'enchaînement de circonstances qui avait conduit à son retour ? Et parler de Ciro lui était devenu difficile, même si elle pensait constamment à lui. Elle pensait aux espoirs qu'il avait nourris pour leur futur, des espoirs qu'elle avait partagés. Elle pensait aux raisons de leur échec. Elle s'était montrée si prompte à condamner son point de vue concernant la virginité. L'incapacité de Ciro à relativiser, à regarder la réalité plutôt que ce qu'il souhaitait qu'elle fût l'avait tellement déçue. Il avait préféré se dire qu'elle était une femme vénale ou une libertine plutôt que de se remettre en cause.

D'un autre côté, ne lui avait-elle pas dissimulé son expérience sexuelle ? Elle ne pouvait pas le nier. Elle en comprenait maintenant les raisons. Elle avait voulu se raccrocher au merveilleux rêve que Ciro lui avait donné à voir et avait fini par se convaincre que les choses avaient toujours été telles qu'il les avait peintes. Mais cela ne justifiait rien : elle avait eu tort. Elle partageait donc la responsabilité de l'échec de leur mariage et ne pouvait accabler Ciro ni lui jeter la pierre. Comment l'aurait-elle pu de toute façon puisqu'elle l'aimait encore ?

Déterminée à donner à ses vitres déjà briquées un aspect immaculé, elle remplit une bassine d'eau chaude et la posa sur le bord de la fenêtre. Elle repoussa machinalement une mèche imaginaire avant de se souvenir qu'elle avait les cheveux courts. Elle commençait tout juste à apprécier sa nouvelle coupe de cheveux. Le jour de son arrivée, elle s'était rendue chez un coiffeur recommandé par Danielle dans une grande ville voisine et en était sortie avec un dégradé court et effilé. Elle paraissait différente. Mais c'était peut-être une bonne chose parce qu'elle se sentait différente à présent et elle ne pouvait le nier. Elle avait vécu quelque chose de douloureux et de bouleversant, le genre d'expérience dont on ressort changé.

Après avoir lavé les vitres, elle laissa les fenêtres grandes ouvertes pour laisser entrer un peu d'air frais. S'accoudant sur le bord de l'une d'elles, elle écouta distraitement la conversation émaillée de rires des clients du pub en se demandant si elle éprouverait toujours cette impression de vivre en rupture avec le monde, d'être sur le bas-côté de la vie. Etait-elle condamnée à devenir une de ces ombres qui hantent le monde en pleurant leur amour perdu ?

Elle s'apprêtait à rentrer faire du thé lorsque son attention fut attirée par la silhouette d'un homme qui se dirigeait dans sa direction. Elle cligna des paupières. L'homme aux cheveux de jais et au physique athlétique portait un pantalon gris perle et une chemise blanche. La scène qui se jouait devant elle était si identique à leur première rencontre que Lily sentit son cœur cesser de battre.

Ciro ?

Elle vacilla et dut se tenir au bord de la fenêtre pour ne pas perdre l'équilibre. Elle sentit une terrible douleur l'oppresser. Le voir lui rappelait ce qu'elle avait perdu en quittant cet homme qu'elle continuait à aimer.

Ses puissantes enjambées le conduisirent très vite au bas de sa fenêtre. Il leva la tête et leurs regards se nouèrent un long moment. Elle savoura le plaisir qui l'envahit à la vue de ce visage qu'elle connaissait si bien, de ses pommettes saillantes, de ses cils épais qui rendaient son regard sombre si sexy, de ses cheveux qui reflétaient l'azur, de sa peau dorée et soyeuse. Mais ses traits arboraient une expression sinistre.

Le monde autour d'elle avait cessé d'exister. Le rire des buveurs s'était tu et seul perçait, à travers la chape de silence qui semblait recouvrir le monde, le pépiement de quelques oiseaux. Elle se pencha en avant, le cœur tambourinant dans sa poitrine, et pria pour que sa voix ne tremble pas.

— Que fais-tu ici ?

— Tu n'as pas une petite idée sur la question, Lily ?

— Le salon de thé est fermé aujourd'hui, répondit-elle d'un ton qu'elle voulut désinvolte.

— Je me fiche du salon du thé. Je suis venu pour te voir.

Troublée, elle prit une profonde inspiration. N'avaient-ils pas dit tout ce qu'il y avait à dire ? Ses avocats ne rédigeaient-ils pas en ce moment même l'acte du divorce ?

— Pourquoi ?

Déconcerté, Ciro étudia Lily. La sécheresse de son ton formait un contraste étrange avec la douceur et la fragilité qui émanaient de son visage dont les traits semblaient plus délicats encore avec sa nouvelle coiffure. Dire que sa cruauté avait poussé cette magnifique femme à se couper les cheveux dans un geste de désespoir ! Il avait beau s'être répété mille fois ce qu'il voulait lui dire, tous les mots lui échappaient à présent. Tous exceptés ceux qui comptaient le plus.

— Je suis venu pour m'excuser.

Lily se demanda si elle avait bien entendu mais la sombre expression de Ciro chassa vite ses doutes. Prenant conscience que les habitués du pub avaient cessé de parler pour tendre l'oreille, elle rassembla son courage et lança :

— Je préférerais que nous n'en parlions pas ici.

— Alors tu n'as pas d'autres choix que de me laisser entrer.

Lily tressaillit, partagée entre l'appréhension et une pointe d'irritation. Apparemment, il n'avait rien perdu de son arrogance ! Cependant, en descendant les marches, elle se sentit faiblir et ce sentiment s'accrut encore lorsqu'elle lui ouvrit la porte et qu'il posa sur elle un regard accablé, plein de tristesse et de regrets.

Son cœur se serra. Sa présence lui rappelait à quel point il lui avait manqué, à quel point tout en Ciro lui avait manqué. Elle aurait voulu se jeter dans ses bras puissants et lui dire que tout irait bien à présent. Mais depuis, elle avait appris à ne pas écouter tout ce que son cœur lui conseillait. Elle avait appris à se méfier de ses impulsions.

Elle s'effaça pour lui livrer passage, consciente de l'effet que produisait sur elle son parfum enivrant et musqué. Consciente aussi de l'exiguïté de la cage d'escalier et de la soudaine proximité de ce corps tant désiré.

— Nous serons mieux là-haut pour parler.

Ciro la suivit dans les escaliers, s'efforçant de contenir le désir affolant qui l'enflamma à la vue de l'ondulation de ses hanches. Le sang battant à ses oreilles, il lutta pour mettre de l'ordre dans ses idées. Avait-il eu l'audace de penser que les excuses qu'il lui avait présentées en bas lui auraient immédiatement attiré le pardon de Lily ? Tout cela parce qu'il n'était pas homme à demander pardon ? Apparemment, il surestimait l'effet qu'il produisait sur les autres.

En entrant dans le salon, il nota qu'elle avait travaillé dur. De nouveaux rideaux aux imprimés floraux pendaient élégamment aux fenêtres et un magnifique patchwork dissimulait en partie le canapé-lit. Au-dessus de la cheminée, elle avait accroché une toile imposante aux couleurs vives et dont il reconnut tout de suite la patte.

— Une œuvre de Jonny ? demanda-t-il en désignant la peinture.

Surprise par la question, Lily se tourna vers lui avec une expression de stupéfaction.

— Oui. Comment le sais-tu ?

— Il m'a envoyé une carte postale dont il avait réalisé le recto. Il a une touche très reconnaissable.

— Es-tu venu jusqu'ici pour parler du talent de Jonny ?

— Eh bien, il n'est pas sans rapport avec ce dont je veux t'entretenir.

Les yeux de Lily s'étrécirent.

— Là, tu m'intrigues.

— Tu as vendu les perles de ta mère pour payer son école d'art.

— Où est le problème ?

— Le problème est que tu as refusé l'argent qui te revenait après le divorce.

Il la dévisagea un moment avant d'ajouter :

— De l'argent qui t'aurait permis de garder ce collier auquel tu tenais tant.

Elle secoua la tête, réprimant l'envie de marteler son torse de ses poings serrés.

— Tu n'as toujours pas compris, n'est-ce pas, Ciro ? Tu ne regardes les choses qu'en termes de passif ou d'actif, de débit ou de crédit. Tout pour toi doit être le produit quantifiable d'une opération. Tout doit avoir un prix !

— C'est là que tu te trompes, Lily. Justement, j'ai compris. Je me demande juste pourquoi il m'aura fallu autant de temps pour ouvrir les yeux. Tu n'as pas accepté l'argent du divorce parce que tu ne voulais m'être redevable de rien. Mais bien plus encore. J'ai soudain pris conscience que tu accordais bien plus d'importance aux personnes qu'aux choses matérielles et qu'un bijou précieux — même s'il a une immense valeur sentimentale pour toi — perdait tout intérêt à tes yeux si tu ne pouvais le conserver sans porter préjudice à l'avenir de ton frère.

Lily fit quelques pas dans l'appartement et s'arrêta près des fenêtres, tournant le dos à la rue.

— Comment as-tu su pour le collier ?

— Dans son message, ton frère me remercie d'avoir financé ses études. J'en ai déduit que tu avais dû vendre ton collier pour payer son entrée à l'Ecole des Beaux-Arts.

— Très bien, maintenant je sais que tu es au courant. Mais rien de tout cela ne me dit ce que tu fais ici.

Désappointé, Ciro la considéra. Il avait pensé que ces explications auraient suffi à attester la sincérité de sa démarche, qu'elles auraient suffi à dépeindre le bouleversement intérieur qu'il avait vécu. Encore une fois, il avait eu tort. A l'éclat dur de son regard, il comprit qu'il l'avait profondément blessée… et qu'elle craignait de souffrir de nouveau.

— Je suis ici parce que je suis désolé de t'avoir si mal jugée, déclara-t-il avec ardeur. J'avais vu juste, Lily… tu n'es comme aucune autre femme. Il n'y a rien dans ton superbe corps de cupide ou d'immoral.

— Ciro… commença-t-elle.

— Non, attends ! Je n'ai pas fini.

« Je t'aime. » Il avait toujours méprisé ces mots pour la facilité avec laquelle on les employait. Mais il comprenait à présent que, d'une certaine façon, ces mots étaient véritablement faciles à dire. Et s'il avait toujours su à quel point ils s'avéraient importants pour les femmes, il découvrait en cet instant qu'ils le devenaient pour lui également.

— Je t'aime, Lily, déclara-t-il. Tu as creusé un vide insurmontable dans ma vie en me quittant. J'ai cru pouvoir redevenir l'homme que j'avais été, mais je n'y suis pas parvenu et, plus important, je ne le souhaite pas. Parce que j'ai simplement changé. Tu as fait de moi un homme différent, Lily. Tu as changé ma façon de voir le monde… et les personnes qui y vivent.

— Ciro…

— Laisse-moi te dire une dernière chose, l'interrompit-il. Après ton départ, l'appartement m'a paru si… vide. Cela m'a fait penser à tout ce que tu as dit sur moi et ma nature inclémente. Alors j'ai réfléchi et je suis allé voir ma mère.

— Tu as fait ça ? s'étonna-t-elle en clignant des yeux.

— Oui. Pour la première fois de ma vie j'ai écouté ce que ma mère avait à me dire. J'ai essayé de considérer les choses d'un point de vue d'adulte et non plus comme un enfant. Quand elle a eu fini, elle m'a demandé de lui pardonner, ce que j'ai fait. Puis j'ai demandé pardon à mon tour. Et j'ai pleuré, admit-il la gorge encore serrée par la violence de l'émotion qui l'avait saisi devant sa mère. J'ai pleuré sur mon amour que j'avais bâillonné durant toutes ces années. Est-ce que tu aurais imaginé cela, Lily ? Ciro d'Angelo versant des larmes ?

Elle acquiesça.

— Oui, parfaitement. Mais où est le mal ? Pleurer ne t'amoindrit pas. Cela te rend meilleur et plus fort. Car un homme qui a peur de montrer ses sentiments est un lâche et tu n'en es pas un, Ciro !

Il s'approcha d'elle. Ses jolis traits étaient crispés par l'émotion. Il la dévisagea un long moment comme s'ils s'étaient quittés depuis très longtemps.

— Ma mère m'a confié quelque chose que je savais déjà : que tu étais la meilleure chose qui me soit arrivée et qu'il fallait que je sois vraiment aveugle pour t'avoir laissé partir. Mais comment aurais-je pu t'en empêcher après les accusations terribles que j'avais portées contre toi ? J'ai compris qu'il fallait que je te demande pardon. Veux-tu bien me l'offrir et accepter de revenir auprès de moi ?

Il s'interrompit quelques secondes comme pour peser chacun des mots qu'il allait prononcer.

— Acceptes-tu d'être de nouveau ma femme — mais cette fois dans le sens entier du terme ? Je te le demande sans faux-semblants, Lily. En toute sincérité. Et avec amour. Un amour plein et entier.

Bouleversée, Lily se mordit la lèvre. Les larmes qu'elle s'efforçait de retenir en clignant des paupières parlaient certainement pour elle… A travers la gratitude qui la submergeait pour ce témoignage d'amour qu'il lui offrait, elle prit conscience qu'elle devait elle aussi reconnaître ses erreurs.

— J'ai eu tort de ne pas t'avoir avoué que je n'étais plus vierge.

— Cela n'a aucune importance, assura-t-il ahuri par son comportement passé.

Comment avait-il pu risquer de la perdre pour une chose aussi insignifiante ?

— Je comprends que cela ait pu te sembler une tromperie délibérée, mais je te jure que ce n'était pas mon intention ! Je t'ai aimé si fort que j'ai eu l'impression d'aimer pour la première et la seule fois de ma vie. Mon passé m'a semblé soudain si inconsistant que je ne me sentais même plus concernée par lui.

— Tu m'as aimé ? répéta-t-il d'une voix étranglée.

— Je t'aime, murmura-t-elle. Je crois t'avoir toujours aimé.

Trop ébranlé pour dire quoique ce soit, Ciro l'attira à lui et l'étreignit avec force. Puis, il l'embrassa, comme il rêvait de le faire depuis le jour où elle avait quitté sa vie, poussée vers cette seule issue par son inflexibilité aveugle.

A présent, ils n'avaient plus de raison d'être séparés. Ils vivraient ensemble pour toujours — ici ou à Naples. Peu importait l'endroit.

Epilogue

La grande salle du Manoir, aménagée en galerie d'art, était bondée. Perplexe et indifférent au brouhaha ambiant, Ciro considérait le grand tableau.

— Qu'est-ce que c'est supposé représenter ?

— Ne sois pas si obtus, mon chéri, soupira Lily. C'est *toi*, évidemment. Jonny est très fier de ce travail, comme tous ses professeurs d'ailleurs. Promets-moi de ne rien dire de désobligeant là-dessus pendant le déjeuner.

Il reporta son regard sur la toile pour en étudier les détails. Deux points noirs et un coup de pinceau orange occupaient le centre d'un cercle grossièrement peint. Il ne parvenait pas à y trouver la moindre ressemblance avec lui-même… avec quoi que ce soit d'autre d'ailleurs. Mais si des personnes plus compétentes que lui appréciaient cette composition, de quel droit remettrait-il en cause leur jugement ?

— Je te promets de m'en tenir aux félicitations qui lui sont dues pour la mention qu'il a obtenue. Et puisque ce travail lui a permis d'être admis aux Beaux-Arts de Paris, c'est qu'il doit être bon.

Lily soupira d'aise en pensant aux notes excellentes que Jonny avait décrochées. Parfois, lorsqu'elle se réveillait et qu'elle sortait sur la terrasse de leur appartement pour admirer la vue qu'ils avaient de la baie de Naples, il lui arrivait de se demander si elle n'était pas simplement en train de rêver. Mais ce sentiment d'irréalité la saisissait aussi quand elle ouvrait les yeux et reconnaissait le charme familier des pièces du Manoir durant leurs séjours en Angleterre.

Ciro n'avait pas souhaité poursuivre son projet hôtelier. Au lieu de cela, ils avaient rendu sa splendeur à la vieille bâtisse en la restaurant avec soin. Ils s'y rendaient dès qu'ils le pouvaient. Ciro avait manifesté le désir qu'elle revienne à Jonny et il y avait effectivement assez d'espace pour en faire un immense atelier d'artiste. Plus tard, son frère avait soumis à Ciro l'idée d'y créer un lieu de résidence pour artistes en difficultés financières, comme ils s'avéraient souvent l'être. Ciro s'était montré enthousiaste.

Tirée de ses pensées, elle leva les yeux et croisa le regard souriant de son mari qui l'observait.

— Je crois que je vais aller me rafraîchir un peu avant le déjeuner, dit-elle lui rendant son sourire.

— Alors je t'attends ici, *dolcezza*, murmura-t-il.

Parvenue dans les toilettes, où régnait une odeur sucrée de bois de rose, Lily ouvrit grand le robinet d'eau froide et croisa son propre reflet dans le miroir. Elle prit conscience à quel point elle avait changé et comme la vie d'une femme pouvait se refléter dans sa coupe de cheveux. Durant les premières années qui avaient suivi leur mariage, elle avait conservé les cheveux courts. Ciro lui avait assuré qu'il les aimait ainsi et elle l'avait cru. Cet aveu l'avait soulagé, pour plusieurs raisons ; la première étant qu'il avait contribué à chasser définitivement de son esprit l'idée qu'il ne la désirait que pour sa lourde chevelure cascadant sur ses épaules !

Mais dernièrement, elle avait décidé de changer de look. En commençant par laisser pousser ses cheveux. Les cheveux courts demandaient trop d'entretien et, bientôt, elle n'aurait plus le loisir d'aller aussi souvent chez le coiffeur…

De plus, elle avait renouvelé sa garde-robe dans un

style plus contemporain. A présent que l'argent n'était plus un problème, elle n'avait plus à confectionner elle-même ses vêtements et depuis que les formes généreuses semblaient revenues à la mode, elle trouvait beaucoup plus de vêtements qui la mettaient en valeur. Et quelle femme se plaisait dans une routine vestimentaire ?

Elle porta une main à sa gorge, effleurant les rangées de perles de son collier. Ciro était parvenu à le racheter. *Encore...* Il lui avait déclaré sur un ton faussement sévère que cela devenait une fâcheuse habitude à laquelle il fallait mettre un terme en ajoutant qu'un jour ils auraient peut-être une fille qui souhaiterait elle aussi les porter. Elle sourit à son reflet dans le miroir. Peut-être en effet...

A son retour dans le salon, elle trouva Ciro en compagnie de Jonny. Les cheveux de son frère lui arrivaient à présent jusqu'aux épaules et son regard expressif lui attirait les faveurs de la gent féminine. Il donnait d'ailleurs le bras à une superbe jeune femme vêtue d'une robe extra-courte à paillettes qu'elle portait avec une paire de bottes en caoutchouc rose fuchsia.

— Je pensais accompagner Fleur jusqu'à la gare avant le déjeuner, l'informa-t-il. Si cela ne te pose pas de problème, sœurette.

— Fais comme il te plaira, répondit Lily. Ciro et moi t'attendrons au restaurant. J'ai été ravie de faire votre connaissance Fleur...

— J'ai été ravie également, répondit cette dernière en souriant timidement.

Lily prit le bras de Ciro et regarda le jeune couple s'éloigner, songeant à quel point elle se sentait *grandie* ces derniers temps.

— Tu es bien silencieuse, murmura Ciro. Que dirais-tu si nous nous rendions tout de suite au restaurant ? Je commanderais une bouteille de champagne pour célébrer le succès de ton frère et tu pourrais me dire ce qui te tracasse.

Elle leva vers lui des yeux pétillant.

— Ça me semble parfait, même si je ne prendrai pas de champagne.

— Mais ne sommes-nous pas censés fêter cet événement dans les formes ?

— Bien sûr, mais il y a un autre événement à célébrer. J'ai quelque chose à t'annoncer. Je souhaitais attendre ce soir pour le faire, mais la patience me manque.

Il la dévisagea avec une expression qu'elle ne lui avait jamais vue.

— Tu es enceinte ?

— Oui, répondit-elle en réprimant les larmes de joie qui menaçaient de jaillir. *Oui !*

Pendant un moment, Ciro demeura muet. Puis il l'entoura de ses bras et lui donna un long et profond baiser qui la laissa pantelante. Après quoi, il recommença.

collection *Azur*

Ne manquez pas, dès le 1er juillet

***DES VŒUX SOUS CONTRAINTE**, Melanie Milburne* • *N°3366*

Mariage Arrangé

Alors qu'elle s'avance vers l'énigmatique et troublant Angelo Bellandini, Natalie est gagnée par l'angoisse. Ce brillant homme d'affaires italien acceptera-t-il de retirer la plainte qu'il a déposée contre son jeune frère ? Y a-t-il un espoir qu'il accède à sa demande, alors même qu'elle a refusé de l'épouser cinq ans plus tôt ? Après un tel affront, il faudrait un miracle pour qu'il consente à l'aider ! Contre toute attente, cependant, Angelo lui répond qu'elle obtiendra ce qu'elle souhaite. Mais à la seule et unique condition… qu'elle l'épouse !

***UNE SI TROUBLANTE INTIMITÉ,** Michelle Conder* • *N°3367*

Lorsque Vasily Aleksandrov lui propose de devenir la nounou de son fils de deux ans – qu'il connaît à peine et dont il vient tout juste d'obtenir la garde –, Lexi accepte sans hésiter. Déjà, dans la crèche où elle travaillait, n'était-elle pas la seule à pouvoir réconforter le petit garçon, trop souvent délaissé par sa mère ? Et puisque cette dernière l'a à présent abandonné, Lexi est prête à tout pour lui prodiguer l'amour dont il a besoin. Y compris à partager le toit – et l'intimité – de l'arrogant et ténébreux Vasily. Un homme dont la seule présence suffit à l'embraser...

***UN LIEN TRÈS SECRET**, Lynn Raye Harris* • *N°3368*

Enfant Secret

Enceinte ? Valentina D'Angeli est sous le choc. Car le père du bébé n'est autre que Nicolo Gavretti, l'ennemi juré de sa famille… Nicolo, dans les bras duquel elle s'est abandonnée au cours d'une nuit passionnée, six semaines plus tôt, sans savoir qui il était. Ensuite, en découvrant l'identité de son amant, elle n'a pensé qu'à une seule chose : fuir. Et elle s'est arrangée pour ne plus croiser Nicolo. Mais à présent, Valentina n'a plus le choix : elle va devoir aller le trouver et lui annoncer qu'elle attend un enfant de lui...

A LA MERCI D'UN MILLIARDAIRE, *Chantelle Shaw* • *N°3369*

Pour offrir rapidement à sa mère les soins dont elle a besoin, Louise doit se résigner à vendre Eirenne, l'île grecque où elle a grandi et à laquelle elle est si attachée. Une décision terrible pour elle, mais que l'urgence de la situation ne lui permet plus de différer. A tel point qu'elle décide d'aller trouver Dimitri Kalakos, à Athènes, pour lui proposer de se porter acquéreur. Peut-être parviendra-t-elle à le convaincre que c'est le seul moyen pour lui de récupérer enfin cette île splendide, perdue en Méditerranée, qu'il a toujours considérée comme faisant partie de son héritage ? A sa grande surprise, Dimitri accepte tout de suite de conclure la vente. Mais à une condition : qu'elle devienne sa maîtresse...

SOUS LE JOUG DE LA PASSION, *Trish Wylie* • *N°3370*

Lorsqu'elle rencontre Blake Clayton, Olivia est d'emblée subjuguée par le charme ravageur de ce richissime héritier. Avant de se reprendre aussitôt : Blake n'est-il pas le premier client important que le cabinet d'avocats où elle travaille daigne lui confier ? Hors de question, dans ces conditions, de laisser cet homme – aussi séduisant soit-il – menacer les plans de carrière qu'elle a bâtis ! Mais c'est compter sans l'opiniâtreté de Blake qui, en plus d'être un client particulièrement exigeant, ne semble vouloir lui accorder aucun répit avant de l'avoir totalement séduite...

LA TENTATION DE SANTIAGO SILVA, *Kim Lawrence* • *N°3371*

Santiago le sait, il ne faut pas se fier aux apparences. Et même si Lucy Fitzgerald se donne l'air d'être une douce ingénue, nul doute qu'elle est en réalité une créature vénale et sans scrupules. Par conséquent, il est hors de question qu'il laisse cet ex-mannequin abuser de la naïveté de son frère cadet ! Voilà pourquoi il a mis au point un stratagème infaillible : il séduira Lucy Fitzgerald, dans l'unique but de dévoiler au grand jour sa véritable personnalité. Un plan qui ne tarde cependant pas à se fissurer quand Santiago s'aperçoit qu'il a lui-même le plus grand mal à résister à la troublante féminité de Lucy...

VENGEANCE POUR UN SÉDUCTEUR, *Abby Green* • *N°3372*

De retour en Argentine, son pays natal, Maddie n'a qu'un but : reprendre en main le domaine viticole que son père lui a légué. Mais une fois sur place, elle ne peut s'empêcher d'éprouver un trouble intense face à Nicolas de Rojas, le séduisant propriétaire du vignoble voisin. Pourquoi Nicolas se montre-t-il si charmeur avec elle ? Il devrait plutôt la détester après la manière abrupte dont elle a rompu avec lui, huit ans plus tôt, sans même qu'elle puisse lui expliquer les vraies raisons de sa décision. Peu à peu, Maddie sent le doute l'envahir : en voulant la séduire de nouveau, Nicolas n'essaie-t-il pas de se venger d'elle ?

LA CAPTIVE DU SAHARA, Kate Hewitt • *N°3373*

Noëlle est folle de rage. Comment Ammar a-t-il osé l'enlever pour la retenir ensuite prisonnière chez lui, en plein cœur du Sahara ? Et que recherche-t-il en agissant ainsi ? Dix ans plus tôt, ne l'a-t-il pas abandonnée le soir même de leur mariage, sans la moindre explication, lui infligeant une souffrance et une humiliation terribles ? Mais sa colère se mue en panique lorsqu'Ammar lui présente ses conditions : il la laissera repartir chez elle si, et seulement si, elle accepte de passer trois jours – et trois nuits – avec lui...

UNE DÉLICIEUSE CONQUÊTE, Penny Jordan • *N°3374*

- Passions à Saint-Pétersbourg - 1ère partie

Depuis qu'il a croisé Alena, la sœur de son rival Vasilii Demidov, dans un hôtel de Londres, Kyril n'a qu'une obsession : séduire la jeune femme. Ainsi, n'aura-t-il pas un moyen de pression idéal contre son redoutable concurrent en affaires ? Sans compter que la sublime Alena lui a tout de suite inspiré un violent désir, un désir qui rend son projet encore plus excitant. Mais face à l'innocente beauté d'Alena, il n'est bientôt plus aussi sûr de pouvoir rester maître de la situation…

LA FIERTÉ D'UN HÉRITIER, Caitlin Crews • *N°3375*

- La couronne de Santina - 4e partie

Epouser Rafe McFarland, l'ombrageux et richissime duc de Pembroke, et lui donner un héritier, c'est la seule issue qui s'offre à Angel si elle veut pouvoir payer les dettes colossales de sa mère. Un arrangement de pure convenance où l'amour n'entre pas en ligne de compte. Et pourtant, dès la première nuit qu'elle partage avec Rafe, dans le splendide manoir qu'il possède en Ecosse, Angel sent une étrange émotion la gagner. Qu'adviendra-t-il si elle tombe amoureuse de cet homme froid et ténébreux ?

Attention, numérotation des livres différente pour le Canada : numéros 1811 à 1816.

Best-Sellers n°559 • suspense

Un tueur dans la nuit - Heather Graham

Un corps atrocement mutilé, déposé dans une ruelle mal éclairée de New York en une pose volontairement suggestive…

En s'avançant vers la victime – la quatrième en quelques jours à peine –, l'inspecteur Jude Crosby comprend aussitôt que le tueur qu'il traque vient une fois de plus d'accomplir son œuvre macabre. Qui est ce déséquilibré, qui semble s'ingénier à imiter les crimes commis par Jack l'Eventreur au 19e siècle ? Et comment l'identifier, alors que le seul témoin à l'avoir aperçu n'a distingué qu'une ombre dans la nuit, vêtue d'une redingote et d'un chapeau haut de forme ? Se pourrait-il, comme le titrent les médias, déchaînés par l'affaire, qu'il s'agisse du fantôme du célèbre assassin, ressuscité d'entre les morts pour venir hanter le quartier de Wall Street, désert la nuit ? Une hypothèse qui exaspère Jude, lui qui sait bien qu'il a affaire à un homme en chair et en os qu'il doit arrêter au plus vite. Quitte pour cela à accepter de collaborer avec la troublante Whitney Tremont, l'agent du FBI qui lui a été envoyé pour l'aider à résoudre l'affaire. Même si Jude ne croit pas un seul instant au don de double vue qu'elle prétend posséder…

Best-Sellers n°560 • suspense

L'ombre du soupçon - Laura Caldwell

Après des mois difficiles durant lesquels elle a été confrontée à la perte d'un être cher ainsi qu'à une déception amoureuse, Izzy McNeil, décidée à ne pas se laisser aller, accepte sans hésiter de devenir présentatrice d'une nouvelle chaîne de télévision. Mais si la chance semble lui sourire à nouveau, il lui reste encore à retrouver sa confiance en elle et à remettre de l'ordre dans sa vie sentimentale. Pourtant, tout cela passe d'un seul coup au second plan quand elle retrouve Jane, sa meilleure amie, sauvagement assassinée. Anéantie, Izzy doit en outre affronter les attaques d'un odieux inspecteur de police qui la soupçonne du meurtre de son amie. Comment se défendre face à ces accusations quand des coïncidences incroyables la désignent comme la coupable idéale – tandis que de sombres secrets que Jane aurait sans doute voulu emporter dans la tombe commencent à remonter à la surface ? Désormais, Izzy le sait, elle est la seule à pouvoir dissiper l'ombre du soupçon.

Best-Sellers n°561 • thriller

L'hiver assassin - Lisa Jackson

Ne meurs pas. Bats-toi. Ne te laisse pas affaiblir par le froid et la morsure du vent. Oublie la corde et l'écorce gelée. Bats-toi. C'est la quatrième femme morte de froid que l'on retrouve attachée à un arbre dans le Montana, un étrange symbole gravé au-dessus de la tête. Horrifiées par cette série macabre, Selena Alvarez et Regan Pescoli, inspecteurs de police, se lancent dans une enquête qui a tout d'un cauchemar, au cœur d'un hiver glacial et de jour en jour plus meurtrier à Grizzly Falls. Au même moment, Jillian Rivers, partie à la recherche de son mari dans le Montana, se retrouve prisonnière d'une violente tempête de neige. Un homme surgit alors pour la secourir avant de la conduire dans une cabane isolée par le blizzard. Malgré son soulagement, Jillian éprouve instinctivement pour cet être taciturne un sentiment de méfiance. Et si ses intentions n'étaient pas aussi bienveillantes qu'il y paraissait ? Et s'il se tramait quelque chose de terrible ? Pour Selena, Regan et Jillian, un hiver assassin se profile peu à peu dans ces forêts inhospitalières…

Best-Sellers n°562 • thriller

Et tu périras par le feu - Karen Rose

Hantée par une enfance dominée par un père brutal – que son entourage considérait comme un homme sans histoire et un flic exemplaire –, murée dans le silence sur ce passé qui l'a brisée affectivement, l'inspecteur Mia Mitchell, de la brigade des Homicides, cache sous des dehors rudes et sarcastiques une femme secrète, vulnérable, pour qui seule compte sa vocation de policier. De retour dans sa brigade après avoir été blessée par balle, elle doit accepter de coopérer avec un nouvel équipier, le lieutenant Reed Solliday, sur une enquête qui s'annonce particulièrement difficile : en l'espace de quelques jours, plusieurs victimes sont mortes assassinées dans des conditions atroces. Le meurtrier ne s'est pas contenté de les violer et de les torturer : il les a fait périr par le feu…Alors que l'enquête commence, ni Mia ni Reed, ne mesurent à quel point le danger va se rapprocher d'eux, au point de les contraindre à cohabiter pour se protéger eux-mêmes, et protéger ceux qu'ils aiment…

Best-Sellers n°563 • roman

La vallée des secrets - Emilie Richards

Si rien ne changeait, le temps aurait raison de son mariage : telle était la terrible vérité dont Kendra venait soudain de prendre conscience. Blessée dans son amour, elle part s'installer dans un chalet isolé au cœur de la Shenandoah Valley, en Virginie. Une demeure héritée par son mari, Isaac, d'une grand-mère qu'il n'a jamais connue, seule trace d'une famille qui l'a abandonné après sa naissance. Dans ce lieu enchanteur et sauvage, elle espère se ressourcer et faire le point sur son mariage. Mais c'est une autre quête qui la passionne bientôt : celle du passé enfoui et mystérieux des ancêtres d'Isaac. Une histoire intimement mêlée aux secrets de la vallée, précieusement protégés par les habitants qui en ont encore la mémoire. Mais qu'importe : Kendra, qui n'a rien oublié de son métier de journaliste, est prête à relever le défi. Car, elle en est persuadée, ce n'est qu'en sachant enfin d'où il vient qu'Isaac pourra construire avec elle un avenir serein…

Best-Sellers n°564 • roman

Un automne à Seattle - Susan Andersen

Quand elle apprend qu'elle hérite de l'hôtel particulier Wolcott, près de Seattle, Jane Kaplinski a l'impression de rêver. Car avec la demeure, elle hérite aussi de la magnifique collection d'art de l'ancienne propriétaire ! Autant dire une véritable aubaine pour elle, conservatrice-adjointe d'un musée de Seattle. Mais à son enthousiasme se mêlent des sentiments plus graves : de la peine, d'abord, parce qu'elle adorait l'ancienne propriétaire de Wolcott, une vieille dame excentrique et charmante qu'elle connaissait depuis l'enfance. Et de l'angoisse, ensuite, parce qu'elle redoute de ne pas être à la hauteur de la tâche. Heureusement, elle peut compter sur l'aide inconditionnelle de ses deux meilleures amies, Ava et Poppy, qui ont hérité avec elle de Wolcott. Et sur celle, quoique moins chaleureuse, de Devlin Kavanagh, chargé de restaurer la vieille bâtisse. Un homme très séduisant, très viril et très sexy, mais qui l'irrite au plus haut point avec son petit sourire en coin, et son incroyable aplomb. Mais comme il est hors de question qu'elle réponde à ses avances à peine voilées, elle n'a plus qu'à se concentrer sur son travail. Sauf que bien sûr, rien ne va se passer comme prévu…